KB237558

가까이 그리고 멀리

박삼교회 장편소설

청어

가까이 그리고 멀리

박삼교희 지음

발행처 · 도서출판 **청어**
발행인 · 이영철
영 업 · 이동호
기 획 · 최윤영 | 김홍순
편 집 · 김영신 | 방세화
디자인 · 김바라 | 오주연
인 쇄 · 두리터

등 록 · 1999년 5월 3일(제22-1541호)

1판 1쇄 인쇄 · 2011년 1월 20일
1판 1쇄 발행 · 2011년 1월 30일
1판 2쇄 발행 · 2011년 2월 25일

주소 · 서울시 서초구 서초동 1588-1 신성빌딩 A동 412호
대표전화 · 586-0477
팩시밀리 · 586-0478

블로그 · http://blog.naver.com/ppi20
E-mail · ppi20@hanmail.net
ISBN · 978-89-94638-28-7 (03810)

가까이
그리고 멀리

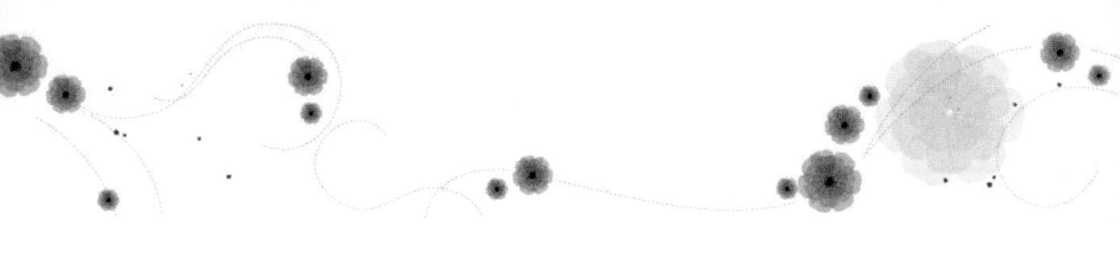

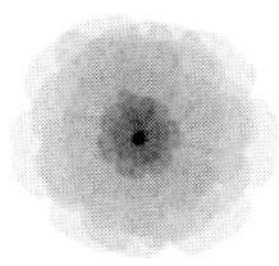

영하 6℃.

올해도 이젠 스물하루밖에 남지 않았다.

잡지를 뒤적이며 휴일을 즐기고 있는데 은화선배로부터 전화가 왔다.

"모란아. 오늘 저녁에 시간 돼?"

"응. 별일은 없는데…… 왜."

"잠깐 보자. 할 말이 있어."

— 할 말?

뭔가 긴한 얘기인 듯싶어 거절도 못하고 추운 날씨를 불사하며 나왔다.

＊

여섯 시. 코엑스 인터컨티넨탈, 로비 라운지.

“모란아, 여기.”

그녀가 앉아 있는 구석자리 테이블로 갔다. 그리고 코트를 벗어놓으며 물었다.

“선배, 왜.”

“애는, 숨 좀 돌리고 말해.”

따뜻한 유자차를 두 손으로 감싸며 다시 물었다.

“무슨 일인데?”

“좀만 있어 봐, 성격이 왜 그리 급해. ……아, 저기 들어온다!”

나는 선배의 시선을 따라 입구 쪽을 돌아보았다. 은화선배의 약혼자가 어떤 훤칠한 남자와 나란히 들어오고 있다.

“안녕하세요.”

“네, 잘 지내셨어요?”

선배가 일어나 반기며 인사를 나누기에 나도 엉겁결에 따라 일어나 살짝 고개를 숙였다. 순간, 허여멀끔한 그 남자는 내 얼굴을 스캔이라도 하듯 쓰윽 훑더니 알 수 없는 웃음을 지었다.

선배의 약혼자가 말했다.

“모란 씨. 이쪽은 내 친구! 자, 다들 앉자구.”

은화선배가 내 옆자리로 오고 맞은편에 남자들이 앉았다.

선배가 그와 나의 통성명을 유도했다.
……
"처음 뵙겠습니다. 저는 강선일이라고 하구요…… 그리고 이건 제 신상명세서니까 참조하시고."
"……?"
내 앞으로 쓰윽 내미는 종이 한 장에 나는 잠깐 어리둥절했다.
우리를 보고 있던 두 남녀가 키득키득 웃는다.
"야, 인마. 너 진짜 웃긴다. 그게 뭐냐?"
"뭐…… 간단명료하고 좋잖아."
약간 민망한 듯 그도 씩 웃었다.

이건, 소개팅.
가자미눈으로 은화선배를 째려봤다. 선배는 내 눈을 슬쩍 피하며 딴전을 부린다. 그러고는 잠시 휴대폰을 만지작거리더니 어색한 수선을 피우며 일어났다.
"자기야, 빨리 가자. 오늘 모임 있었잖아."
그녀의 남자도 장단을 맞춘다.
"아, 그러네. 깜박했네. ……미안한데, 우리 먼저 갈게. 얘기들 나눠. 밥도 같이 먹고. 그럼……."

그들은 날 두고, 그리고 앞에 앉은 남자를 두고 총총히 사
라졌다.
……무슨 저런…….

소개팅이나 맞선에 대해 극도의 알레르기를 가지고 있는,
거기다 연애도 제대로 하지 않고 항상 솔로로 지내는, 딱한
후배를 위한 선배의 배려임은 충분히 알겠지만 그다지 유쾌
하지가 않다.

잠시 흐르던 정적을 깨며 그가 물어왔다.
"저기, 어떠신지……."
"네?"
"그거요."
내 앞에 놓인 자신의 신상명세서를 눈으로 가리키며 말하
는 그. 나는 예의상 슬쩍 읽어보는 흉내를 냈다.

바로 이런 게, 상대의 조건을 저울질해서 평생의 반려를
결정하는 이런 인간시장이 싫어서 소개팅이나 맞선을 꿋꿋
하게 피해온 나였다. 그런데 이렇듯 신상명세서까지 들이미

는 그의 행동은······.

"모란 씨에 대해 많이 들었어요. 게다가 이렇게 만나 뵈니 생각했던 것보다 훨씬 더 매력 있고 예쁘시네요. 솔직히 저는 아주 좋습니다."

꽤나 박력은 있다. 서글서글하고 웃는 얼굴이 맑다. 찬찬히 보아하니 머리에 무스나 젤도 안 발랐고 멋있어 보이려는 노력은 눈을 닦고 찾아봐도 없다. 살짝 호감이 갔다. 목티를 입고 마이를 걸쳤는데 단추 하나가 달랑달랑 떨어질듯 말듯 매달려 있다.

나도 모르게 그의 정체가 고스란히 담겨 있을 그 종이에 살짝살짝 눈이 갔다.

나이는 서른, 나보다 한 살 위. 컴퓨터 관련 벤처기업 경영. 가족사항은 어머니 한 분. 혈액형: B형. 좋아하는 음식: 개고기 빼고 뭐든지. 성격: 대충대충. 좌우명: 착하게 살자. 특기: 낮잠. 취미: 여행. 연애경력: 제로. 감명 깊었던 영화: 트랜스포머······.

'트랜스포머' 에서 풋하니 웃음이 나왔다.

적어도 선 시장에서 취급하는 그런 서류는 아니다. 연봉이나 살고 있는 집 시세, 타고 다니는 차종 등을 나열한다는 그것들과는 상당한 차이가 있었다. 자칫 거부감을 느꼈던 이 종이 한 장에 갑자기 마음이 끌린다.

새로이 그의 얼굴을 보았다.

"……근데, 모란 씨는 옷 디자인을 하신다구요?"

"네."

"재미있어요?"

"뭐 그냥. 적성에는 맞으니까."

간단한 물음, 짧은 대답. 잠시 말이 끊겼다.

그가 다시 물어왔다.

"저기, 저 어때요?"

"네?"

"첫인상이요."

나는 대답 대신 그냥 웃어보였다.

"어, 그 웃음, 그거 긍정적인 거 맞죠?"

그는 함박웃음을 지었다. 그리고 시계를 들여다보며 말했다.

"벌써 일곱 시가 다 돼가네요. 시장하시죠? 우리, 식사하러 가요."

“아, 네.”

라운지에서 나왔다. 처음엔 식은 유자차나 마저 마시고 일어서려 했는데 어찌어찌하다 보니 저녁까지 함께 먹게 생겼다.

✻

근데⋯⋯?
그는 입구도 이층 계단도 엘리베이터도 아닌, 지하로 연결된 에스컬레이터로 나를 이끌었다.

✻

사람들이 북적거리는 휴일의 코엑스몰.

그는 KFC라는 글자가 크게 새겨진 유리문 앞에 우뚝 멈춰서더니 날 보며 물어왔다.
“여기, 어때요?”
“네?”
그의 말을 알아듣기까지 잠깐 시간이 필요했다.

……이건?

여러 가지 생각들이 머리를 스쳤다.

내가 그리 우습게 보였나, 경제적 여유가 없는 건가, 아니면 자린고비? 그것도 아님, 날 떠보려는 건가?

언뜻 그의 본질이 궁금해졌다.

나는 대답을 던졌다.

"그러죠."

＊

KFC에 들어갔다. 나는 한쪽 귀퉁이에 자리를 잡았고, 잠시 후 그는 한 바구니 수북이 담긴 닭튀김과 콜라 두 잔을 들고 왔다.

"자, 드시죠. 이쪽은 매운 거, 이쪽은 오리지널……."

그는 이내 열 손가락을 총동원, 쪽쪽 닭 뼈를 발라내며 열심히 먹기 시작했다.

나는 콜라를 빨며 물었다.

"닭고기 좋아하시나 봐요?"

"예. 제일 좋아하는 게 닭고기죠. ……근데 왜 안 드세요,

맛있는데……."

"드세요. 전 점심을 늦게 먹어서요."

　해맑게 웃는 그의 미소가 왠지 얄미워 보였다. 아까 잠시 가졌던 호감은 어디론가 사라지고 빨리 자리를 뜨고만 싶었다.

　쟁반 한쪽에 닭 뼈가 소복이 쌓이고 그가 냅킨에 손을 닦기 시작할 즈음 나는 그만 인내심의 실밥이 터져버렸다.

　자리에서 튕기듯 일어섰다.

　그도, 채 닦지 못한 손가락 몇 개를 연신 닦으며 따라 일어섰다.

　"갑자기 편두통이 좀 와서요. 먼저 들어갈게요."

　"저기, 영화라도 같이 보고 싶었는데…… 그럼 제가 바래다드리죠."

　"아뇨. 차 가지고 나왔어요."

　쌩 소리가 나게 돌아섰다. 매너 없는 남자를 뒤로하고, 나는 다시 호텔로 향하는 에스컬레이터에 올랐다. 그리고 그의 시선을 느끼며 호텔을 벗어났다.

❋

은화선배에게 전화했다.
"선배! 도대체 뭐야?"
"왜, 마음에 안 들디? 좋은 사람인데……."
"몰라. 암튼 다신 그러지 마."

벨소리에 잠을 깼다.

모르는 번호.

……누구지, 대체 누가 이 달콤한 휴일 아침을.

"여보세요?"

"아, 모란 씨. 접니다."

어제 만났던 그 남자, 강선일이다.

"편두통은 다 나았어요?"

나는 퉁명스레 대답했다.

"네."

"저기, 오늘 시간 되시면……."

"아뇨."

"예?"

"더 이상 만나고 싶지 않다구요. 앞으론 전화하지……."

"저기, 잠깐만요."

"……?"

"어제 가실 때도 그랬고 지금도 그러시고, 제가 뭐 결례라도 했는지……."

"한번 곰곰이 생각해보세요. 그래도 모르겠거든 여자들한
테 물어보시든지."

은화선배에게서 전화가 왔다. 그와 연통이 있었나 보다.

"그 사람, 너무너무 괜찮은 남자야. 우리 자기가 그러는
데, 여자 경험이 정말 없나 보더라. 여자를 잘 몰라서 그럴
테니 이해 좀 해줘. 네가 리드해나가면 되잖아. 키도 크지,
잘생겼지, 능력 있지, 어디 한 군데 빠지는 게 없는데……
게다가 성격까지 무지 좋아. 솔직히 말해서 모란이 네 성격
에 맞춰줄 수 있는 남자가 어디 흔하니? 한번 잘 해봐. 그런
남자 진짜 보기 힘드니까……."

휴대폰을 놓자마자 다시 그로부터 전화가 왔다.

"아, 모란 씨. 미안해요. 모란 씨가 튀김요리 싫어한다는
걸 몰랐네요. 말씀하시지 그랬어요. ……저기, 그럼 오늘은
맥도날드에서 볼까요?"

— 허!

기가 찼다.

— 뭐, 맥도날드? 중고생들이 참새처럼 드나드는 그곳?
……어제는 KFC, 오늘은 맥도날드? ……은화선배랑 통화

까지 해놓고……?

살짝 오기가 돋았다.
— 그래. 한번 해보자. 네가 이기나, 내가 이기나.

＊

그가 말하는 맥도날드로 왔다. 일부러 삼사십 분 늦게.

"좀 늦으셨네요."
만나자마자 내놓는 첫마디도 영 마음에 안 든다. 무시했다.

"……모란 씬 어떤 거 드실래요?"
"아뇨. 선일 씨나 드세요. 전 햄버거도 싫어하거든요."
"예? 은화 씨 말로는…… 모란 씨가 햄버거 무지 좋아한다고……."
선배도 참. 어째 도움이 안 된다.
"아뇨. 아니에요. 은화선배가 뭘 잘못 알고 있나 보네요."
"그럼, 뭐 드실래요?"
난 속눈썹을 살짝 내리깔며 싸가지 없이 대답했다.

“프랑스 요리요.”

“프…랑…스?”

✳

프랑스 요리 전문점으로 그를 끌고 왔다.

그다지 맛도 없으면서 비싸기만 냅다 비싼 집.

의외로 맛있게 먹는 그를 따라 나도 맛있는 척 열심히 먹었다. 그는 식사 중에도 연신 나를 보며 싱글거린다.

……

“저기, 모란 씨. 좀 있다 같이 갈 데가…….”

“어디요?”

“오늘 친구 모임이 있거든요. 식사하고, 2차에 합류하면 될 것 같은데.”

“친구들 모임이요?”

“예. 자랑하고 싶어서…….”

내 참. 만난 지 이틀 만에 커플로 모임에 나가잔다. 살짝 황당하긴 했지만 그 ‘자랑’이란 말이 그다지 싫지 않게 다가왔다.

그래. 친구들을 보면 그 사람을 알 수 있다고 했지. 한번 나가보자.

＊

쩝. 하도 여러 종류의 사람들이 모여 있어서 잘 모르겠다. 은화선배 커플도 함께 있었다. 그들은 우리에게 은근한 웃음을 보냈고 다른 친구들은 모두 우리 커플의 탄생을 축하했다. 그리고 우리는 러브샷으로 그 환호에 보답했다. …… 나는 술을 잘 못한다. 그도 그런 것 같았다.

결국 나는 은화선배의 어깨에 기대어 비틀비틀 집으로 돌아왔다.

점심시간.

지끈거리는 관자놀이를 눌러가며 새로운 디자인 뽑아내느라 고심하고 있는데 그에게서 전화가 왔다.

"모란 씨. 어젠 괜찮았어요?"

"그럼요."

"점심은 드셨구요?"

"아뇨. 지금 좀 바빠서요."

"그래도 식사는 제때 해야 하는데."

"괜찮아요. 근데, 왜요?"

"왜긴요, 저녁에 시간 되죠? 우리, 퇴근하고 만나요."

"그저께 어제, 토 · 일요일 연달아 만났는데 오늘 또요?"

그의 대답은 간단했다.

"보고 싶으니까요."

— 푸훗.

웃음을 삼켰다.

"제가 그쪽으로 갈까요?"

"아뇨. 그냥 신라호텔 로비에서 보죠. 그 근처에 잠깐 볼 일도 있고 하니까. 일곱 시까지 갈게요."

"알았어요. 그럼 나중에 봐요. 참, 오늘은 차 두고 나오세요."

＊

호텔 중식당.

메뉴판을 뒤적인다. 제일 비싼 게 삼십만 원 코스, 한 끼 식사에 둘이서 칠십만 원은 훌쩍 날리는 셈이다. 아무리 그래도 이건 너무하다 싶어 한 단계 낮은 이십만 원짜리 코스를 찍었다(유치해 보이지만, 이건 어디까지나 내 기싸움이다).

이번에도 그는 싱글거렸다.
비싼 코스에 늘 등장하는 생선요리가 오늘따라 짜고 비릿하니 입에 영 안 맞다.

✳

라운지로 내려왔다.

그는 커피, 나는 논알콜 칵테일.

……

“저, 애기는 모란 씨 마음대로 하세요.”

“네?”

“낳고 싶으시면 몇이든 낳고, 싫으면 안 낳으셔도 되고…….”

잠깐 멍했다.

만난 지 사흘 만에, 그것도 한마디 프러포즈도 없이…….

그냥 한쪽 입꼬리를 말아 올리며 칵테일 잔을 들었다. 그리고 이런저런 그의 애기들을 전부 귓전으로 들었다.

달짝지근한 칵테일을 싱겁게 마시고 자리에서 일어났다.

✳

엘리베이터로 향하는 그의 발걸음을 무시하고 나는 입구

쪽으로 방향을 틀었다. 그리고 갸우뚱 쳐다보는 그에게 호텔 앞에서 기다리겠노라 잘라 말했다.

✳

잠시 후, 왠지 소나타 이상은 절대 타지 않을 것 같던 그가 아우디를 끌고 내 앞에 섰다.

✳

호텔을 벗어나자마자 가시 박힌 목소리로 물었다.
"제가 그렇게 우습게 보여요?"
"……예?"
"만난 지 사흘 만에 변변한 프러포즈도 없이 자녀계획을 세우는 게 말이 되냐구요. 그리고 처음 본 날 KFC, 다음 날엔 맥도날드. 너무 매너 없는 거 아닌가요?"
잠깐 어벙하던 그가 침을 꼴딱 삼키면서 말을 꺼냈다.
"아니요. 그건…… 생기 있고 밝은 곳이 어색함도 줄이고 좋을 것 같아서. 그리고 다들 즐기는 국민음식이기도 하니까. 게다가…… 자녀계획, 그건 그냥 평소에 생각하고 있었던 걸 말했을 뿐이고……."

"그런 식이니까 아직 연애를 못 해봤죠. 그러면 여자들은 자기를 무시한다고 여기거든요."

잠깐 그의 아우디가 휘청했다.

"무시라뇨? 천만에요!"

그는 주절주절 부연설명을 늘어놓았다.

"그리고…… 좀 확실히 해두자면…… 전 연애를 '못' 해본 게 아니라 어디까지나 '안' 한 거예요. ……어쩜…… 원래 여자한테 별 관심 없었는지도 모르고. ……암튼 모란 씨가 처음이에요. 이렇게 여러 번 전화하고 만나고 하는 건."

도저히 안 믿기는 말이긴 해도 거짓으로 들리진 않았다.

잠자코 있기가 좀 뭣해서 물었다.

"연애는 안 해봤다 하더라도 사랑은 해봤을 거잖아요. 짝사랑이든 뭐든."

"당연하죠. 나 그렇게 메마른 사람 아니거든요. ……그러고 보니 벌써 이십 년이 다 돼가는데……. 하핫. 아무래도 난 일편단심 체질인가 봐요."

"……?"

"왜, 〈바람과 함께 사라지다〉 〈애수〉 〈안나 카레니나〉 등등의 헤로인 '비비안 리' 말이에요."

나도 모르게 웃음이 돌았다. 비비안 리는 나도 아주 좋아한다.

그는 다시 몇 마디 덧붙였다.

"그치만 신경 안 쓰셔도 돼요…… 지난 토요일부로 확실히 '마음정리' 끝냈으니까."

빤한 물음표를 던졌다.

"근데 왜 하필 저죠?"

"글쎄…… 그냥 '필'이라고나 할까."

"훗. 여자 보는 눈은 있으시네요."

"하하. 그렇죠? 저도 그렇게 생각해요."

솔직히, 잘난 척하려는 건 아니지만 난 어릴 적부터 예쁘다는 소리를 꽤나 많이 들어왔고 그 때문인지 주위엔 여러 남자들이 항상 맴돌았다. 하지만 그들은 하나같이 겉멋만 가득 차 있는 듯했고 늘 속물적인 방법으로 환심을 사려고 했다. 지금 내게 공들이고 있는 검사 녀석 하나도 검사라는 걸 이마에 써 붙이고 다니는 듯 직업병에 걸려 있다. 암튼 주변에 남자는 많았지만 어느 하나 내 남자로 보이는, 마음 가는 사람은 없었다. 고등학교 때 영어 선생님을 짝사랑했던 거 외엔 제대로 사랑이란 감정을 느껴본 적이 없다.

그런데…… 지금 내 옆에서 운전대를 잡고 있는 이 남자는…… 지금껏 내게 다가왔던 그 숱한 남자들과는 사뭇 다

르다. 매너 없다 여겼던 부분들도 그의 말을 듣고 보니 어느
정도 이해가 된다.

어쩐지 연구해볼 가치는 있어 보이는 남자다.

강·선·일
만난 지 십 주째.
그와 결혼하기로 했다.

　우린 그동안 붕어빵을 먹고 햄버거도 먹고 타코야끼에 꼬
치까지 먹으며 이 거리 저 거리를 활보했다. 말도 텄다. 지
난 크리스마스를 전후해서부터는 시간감각도 아예 잃어버
린 듯하다. 이십 대에서 삼십 대로의 전환조차 나를 감상에
빠트리진 못했다.

❋

　지난주엔 은화선배의 결혼식이 있었다.
　그는 사회를, 나는 들러리를.
　웨딩드레스를 입은 은화선배를 보고는 왠지 마음이 싱숭
생숭하기 짝이 없었다. 결혼이 하고 싶은 건지 웨딩드레스

를 입고 싶은 건지.

선배 커플이 신혼여행을 가고.

그날 저녁, 선배가 던져준 부케를 차 뒷좌석에 모셔두고,
우리는 결혼이라는 단어를 현실적인 것으로 구체화시켰다.

＊

양가에 인사드리기로 한 날.
먼저 그의 집에 갔다가 저녁은 우리 집에서 먹기로 했다.

평소 때보다 화장도 신경 써서 옅게 하고 머리는 단정히
묶었다. 그리고 얌전한 원피스에 하얀 코트를 걸쳤다.

＊

선일 씨의 집.

그를 따라 들어섰다.
"엄마, 나 왔어요."

아들의 우렁찬 목소리를 듣고 현관 쪽으로 나오는 그의
어머니. 곱게 모아올린 머리, 곧은 자세, 반듯한 걸음걸
이…… 첫눈에 기품 있는 여인으로 보였다. 50이란 나이에
어울리지 않게 젊고 아름다웠다. 예전 미스코리아 출신이라
더니 정말 그 말이 무색하지 않다.

"어서 와요. 자, 이리로…….”
테이블 위에는 이미 예쁘게 깎은 과일 접시가 놓여 있었
다. 그리고 우리가 소파에 앉아 잠시 숨을 고를 즈음 도우미
아줌마가 홍차를 내놓았다.

"이름이 모란…… 씨라고?"
"네. 백모란이요.”
그녀는 날 유심히 쳐다보며 이런저런 것들을 물어왔다.
"무슨 일을 한다고 했죠? 우리 선일이 말로는 디자인 어쩌
구 하던데.”
"네. 의상 디자인을…….”
"아버님은 뭘 하시나?"
"저희 회사…… 경영하세요.”
"아, 그럼 사장님?"
"네."

“월급쟁이 사장은 아니고?”

“……네.”

그녀의 한쪽 입꼬리가 살짝 말린다.

“브랜드는?”

“파프리카……요.”

“파프리카? 처음 들어보는데. ……그거 혹시 남대문 같은 데로 들어가는 거 아닌가?”

말려 올라갔던 그녀의 입꼬리가 다시 제자리를 찾았다.

“아뇨…….”

나는 그냥 말끝을 흐렸다.

이런 물음이 나오는 이 상황이, 이 텁텁한 공기가 너무나 싫다.

언뜻 나랑 눈이 마주친 선일 씨가 이 애기의 마침표를 찍어주러 나섰다.

“엄마도 참. 모란 씨가 얼마나 디자인을 잘하는데, 얼마나 고급인력인데 그 실력이 남대문 용도로 쓰이겠어.”

상한 기분을 누그러뜨리고 표정관리에 만전을 기하며 조신하게 차를 마시고 과일도 조금 먹었다.

날 찬찬히 뜯어보던 그녀가 말한다.

"깎았구나."

"네?"

"턱 말이야. ……근데, 코는 어디서 했니? 꽤 자연스레 잘 됐네."

"……아닌데……요."

"쯧쯧. 요즘 애들은 통 자연미가 없어서 말야."

— 아니라구요!

하마터면 빽 소리를 낼 뻔했다.

쉬어빠진 그녀의 표정이 상당히 불쾌하다. 더욱이 난 가슴성형 말고는 아무것도 안 했다. 아까부터 부글거리던 것이 드디어 목까지 차올랐다. 내 성격에 이 정도면 참을 만큼 참은 거다.

한쪽 귀 뒤로 머리카락을 말아 올리며 한 박자 숨을 고르고는 다소 뼈 있는 목소리로 따박따박 대답했다.

"흐흠, 좋으실 대로 생각하세요."

그녀는 미간을 찌푸렸다.

"어째 말투가 좀 그렇다, 원래 그러니?"

아까부터 내 눈치를 보는 듯하던 선일 씨가 또다시 끼어들었다.

"에이, 엄마도 참. 모란 씨 어릴 적 사진 봤는데 지금이랑 똑같아. 잘 알지도 못하면서……."

그녀가 메모지 한 장을 내밀었다.
"여기 이름 좀 써봐요, 한자로."
펜을 받아 쥐는데, 어째 갑자기 한자 두 개가 가물가물하다. 기억날 듯 말 듯한 내 한자 이름을 메모지에 대충 적었다.
메모지를 받아 보는 그녀의 표정이 상당히 애매하다.
"어른한테 보이는 글을 이렇게 흘려 쓰면 어째. 또박또박 얌전하게 쓰면 좀 좋아?"
이건 어쩔 수 없었다. 혹시라도 한두 획 틀릴까봐, 그래서 흉이라도 잡힐까봐 일부러 날려 쓴 거니까.
"근데 이게 무슨 자지?"
"'사모할 모, 찬란할 란' 이예요. 원래 한글로 지은 이름인데 때로 한자 이름이 필요하기도 하니까, 그래서 적당한 한자를 갖다 붙인 거라고……."
"생일은? 음력으로."
그녀는 내 생년월일과 난 시까지 꼼꼼히 그 메모지에 받아 적었다.

✳

“어땠어? 우리 엄마.”

“글쎄.”

“글쎄?”

난 솔직히 대답했다.

“그리 편하지는 않았어.”

그는 껄껄 웃었다.

“기분 많이 상했구나? 크크크. 우리 엄마가 원래 좀 그래. 아들인 나도 같이 있으면 편하지 않은데 뭐. 꽤나 깐깐하거든. ……그래도 걱정하진 마. 익숙해지면 괜찮을 거야.”

“…….”

“어쨌거나 난 기분 무지 좋다!”

“뭐가.”

“엄마가 모란 씨 이름이랑 생년월일 받아 적었잖아. 엄마 눈에 합격도장 찍힌 거 아니겠어? 우하하하.”

✳

시간에 맞춰 우리 집으로 왔다.

기다리고 있던 아빠 엄마에게 그는 특유의 밝고 서글서글
한 웃음으로 인사를 했다. 그리고 이런저런 얘기가 오갔다.
혼사를 앞둔 어느 가정에서나 맴도는, 비슷비슷하고 거기서
거기인 아주 평범하고 두루뭉술한 얘기들…….

함께 저녁을 먹고 거실에 둘러앉았다. 그를 쳐다보는 아
빠 엄마의 눈빛이 예사롭지 않다. 꽤나 흡족한 듯하다. 홀시
어머니에 외아들이라는 걸 상당히 꺼려했던 엄마도 막상 눈
앞에 앉은 그의 모습에 연신 미소를 지었다.

선일 씨가 돌아가자마자 엄마는 내게 물어왔다.
"그쪽, 선일 군 어머님은 어떠시디?"
"글쎄. 그럭저럭……."
"응?"
"……괜찮았어."

낮에 본 선일 씨 어머니가, 그녀의 여러 표정들이, 싸늘했

던 눈빛이 자꾸만 떠올라 밤새 뒤척였다.

✳

그를 만났다.

"모란 씨. 있잖아, 우리 무지하게 좋대."

"뭐가."

"어제 엄마가 궁합 보고 왔거든."

미신 같은 거 믿지는 않지만 기분 나쁜 소리는 아니다.

"그래?"

"엄마가 좋다고 얘기할 정도면 엄청 좋다는 뜻이야."

그는 연신 싱글거렸다.

우린 내친김에 상견례 날짜를 잡았다.

오늘은 상견례 날.

미장원에서 머리를 하고 있는데 엄마로부터 전화가 왔다.
"모란아. 집으로 와라."
"지금? 시간이 안 되는데, 거기서 보기로 했잖아."
"암튼 그냥 들어와."
"왜? 무슨 일 있어?"
"암말 말고!"

도대체 무슨 일이지. 속도위반까지 해가며 집으로 달렸다.

＊

집에 들어서며 소리쳤다.
"엄마! 무슨 일이야?"
엄마가 방에서 나오며 앞뒤 없이 잘라 말했다.

“이 결혼 안 된다.”

“……왜? 왜 그래, 갑자기?”

“무조건 안 되니까 그쪽에 연락해서 오늘 상견례, 없었던 일로 해라.”

뭐가 뭔지 당황스럽기 짝이 없다.

“엄마, 뭔데? 도대체 이유가 뭐냐고!”

빠득빠득 악을 써대는 내게 엄마는 인심이라도 쓰는 양 한마디 휙 던졌다.

“그쪽, 알고 보니 술집 한단다.”

난 또 뭐라고. 이미 알고 있었던 일이다. 그가 말했었다.

나는 반박했다.

“술집 하는 게 뭐가 어때서? 그냥 장사일 뿐인데. 뭘 팔든 그게 무슨 문제야. 그리고 엄마가 생각하는 그런 류의 술집 도 아냐. 점잖은 사람들만 회원제로 출입하는 최고급 살롱 이라구. 선일 씨 어머닌 경영만 하시는 거고.”

엄마 눈이 동그래졌다.

“애가 지금 무슨 말을 하는 거야, 너, 알고 있었던 거니?”

“선일 씨한테 들었어.”

“너 도대체 생각이 있는 애야, 없는 애야? 조폭이랑 무관 한 술집, 있는 줄 알아?”

“그런 거 아니라니깐!”

“내 참…… 그래, 그렇다 치자. 조용한 살롱에, 니 말대로 그쪽 집에서 경영만 해온 거라면 또 모르겠다. 하지만 선일 군 어머니가 예전엔 술도 직접 따랐댄다. 막말로 술집여자였다구. 지금도 남자관계 복잡하기로 소문이 자자하다더라.”

이건 처음 듣는 얘기다. 하지만 질 수 없다. 물러설 수 없다.

“술 좀 따랐으면, 왜? 그게 뭐 어때서요, 갈비집에서 갈비 잘라주는 거랑 뭐가 달라? 살기 힘들면 무슨 일이든 못 하겠어. 그리고 남의 로맨스에 웬 말들이 그렇게 많대요?”

“애가 오늘 정말…….”

“암튼 그건 어디까지나 선일 씨 어머니 문제고, 선일 씨와는 아무 관련 없잖아요!”

체면을 중시하는 아빠도 거실로 나오며 엄마를 거들었다.

“이건 안 된다. 안 되는 결혼이야.”

나는 발까지 동동 구르며 꽁알거렸다.

“아빠까지 그러면 어떡해, 직업에 귀천이 어디 있어요?”

아빠는 서재로 향하며 굵고 낮은 목소리를 투둑투둑 내뱉었다.

“아니다. 직업에도 귀천은 엄연히 존재한다.”

✳

　엄마가 잡는 걸 뿌리치고 집을 뛰쳐나왔다. 그리고 혼자
상견례 장소로 향했다.

✳

　늦었다.
　헐떡거리며 약속장소에 들어섰다.

　그와 그의 어머니가 기다리고 있었다.
　"죄송해요. 늦어서……."
　자기 어머니 눈치를 보며 그가 물었다.
　"모란 씨, 부모님은?"
　"저기…… 갑자기 급한 일이 좀 생겨서……."
　그의 어머니가 미간을 찌푸렸다.
　"그러면 미리 연락이라도 했어야지."
　"그게…… 너무 경황이 없어서…… 죄송……."
　"그만 됐다. 난 들어갈 테니 니들끼리 시간 가져라."

　드라이아이스 같은 표정으로 자리에서 일어난 그녀는 도

도한 뒤태를 보이며 따박따박 사라졌다.

그와 난 의자가 다섯 개 놓인 독실 테이블에서 '오붓' 하기 짝이 없는 식사를 했다. 종업원 보기에도 상당히 민망했다.

＊

조용한 카페로 자리를 옮겼다.

아까까지 별말 없던 그가 담배에 불을 붙이며 물어왔다.
"어떻게 된 거야."
"……."
"무슨 일인데?"
"저기…… 집에서 갑자기……."
"……?"
"집에서 ……반대하셔."
"……왜."
"글쎄. 나도…… 잘 모르겠어."
그는 황당한 표정을 지으며 담배 연기를 길게 뿜어냈다.

잠시 묵묵히 있던 그가 담배를 눌러 끄며 말했다.

"두 분, 집에 계시지? 지금 좀 찾아뵙자. 직접 여쭤봐야겠어."

"안 돼. 그러지 마."

그는, 일어서려던 그의 팔을 황급히 잡는 내 얼굴을 빤히 쳐다보더니 다시 내려앉았다. 그리고 담배 한 개비를 더 피워 물며 낮은 목소리로 물어왔다.

"혹시, 엄마 가게 문제?"

"……."

"맞지?"

"……어 ……그래."

"내 이럴 줄 알았다니까. 그만큼 가게 접으라 해도 말 안 듣더니만……."

상견례가 처참히 무산되고…… 한 달이 다 되어간다.

난 요즘…… 다른 선자리를 강권하는 엄마 아빠랑 부단히
싸워가며 꿋꿋하게 하루하루를 보내고 있다.

그로부터 문자가 들어왔다.
― 모란 씨. 퇴근하면 찰리스로 와.

찰리스.
그는 에스프레소, 나는 카라멜마끼아또.

그가 뜬금없이 물어왔다.

“……그냥…… 우리끼리 결혼해버릴까?”

나는 머그잔을 내려놓으며 되물었다.

“응?”

“모란 씨 부모님도 그러시고 우리 엄마도 그렇고.”

“……”

“이렇게 차일피일 미루는 게 왠지 불안하기도 하고. 그러니까……”

진지하기 짝이 없는 그를 앞에 두고 나는 그만 웃어버렸다.

“푸훗. 불안해? 왜, 내가 바람이라도 날까봐?”

“아니, 꼭 그렇다기보다……”

“알았어!”

나의 즉각적이고 흔쾌한 대답에 그는 의외라는 듯 잠시 멈칫했다. 그리고 다시 표정을 되찾으며 말했다.

“그럼…… 어떻게 할까.”

“선일 씨도 참. 어떻게는 뭐가 어떻게야. 날짜 정하고, 장소 정하고, 살 집 구하면 되지.”

그가 씨익 웃었다.

“모란 씨. ……우리, 영국 가서 할까?”

“영국?”

“응. 거기 정말 멋진 곳이 있어. 조용한 교외에 있는 작은 성당인데…… 정말 환상적인 장소지.”

“알았어. 그럼, 장소는 거기. 그리고 날짜는?”

“내가 스케줄 조정해보고…… 암튼 최대한 빨리 잡을게.”

“좋았어. 그러면…… 집은?”

“주말에 같이 찾아보자.”

“그래. 빨리 구해서 살림살이도 대충 장만해놔야지?”

우린 제트기처럼 계획을 짜나가다가 갑자기 터져 나오는 웃음에 한참을 키득거렸다.

*

은화선배로부터 문자가 날아왔다.

— 백모란, 축하해. 파이팅!

……뭐지?

선배의 번호를 누르려는 순간, 선일 씨로부터 전화가 왔다.

“빨리 나와. 회사 앞이야.”

나는 회사를 빠져나와 혹시라도 아빠 눈에 띌까, 조심히 그리고 신속하게 그의 차에 올랐다.

“어쩐 일이야, 이 시간에…….”

"결혼날짜 잡았어. 내달 7일. 출발은 4일로 하고."

"5월 7일? ……그럼 어버이날은 어쩌게."

"할 수 없지 뭐. 일주일 이상 회사 비우려면 당분간 그때 아니면 힘들어."

"어버이날까지 끼워서 일 저지르면 더 혼나지 않을까?"

"이왕 혼날 거, 오십보백보야."

"그런가?"

"그나저나, 모란 씨. 우리 구청부터 가자."

"응? 구청? 거긴 왜?"

"혼인신고부터 하자구."

"혼인…신고……?"

"그래. 여기 증인 날인도 받아왔어."

가만 보니 우릴 만나게 해준 은인, 은화선배 부부의 이름이 씌어 있다. 조금 전 들어온 문자의 내막을 알 것 같다.

"후훗. 그래, 그러지 뭐."

혼인신고를 마치고 나오면서 그가 뻐기듯 말했다.

"모란 씬 이제 내 와이프야. 딴눈 팔면 안 돼. 알았지?"

졸지에 난 유부녀가 되었다.

나도 일침을 가했다.

"선일 씨도 이젠 내 남편이야. 알아서 잘해."

은화선배에게 답문을 보냈다.

— 선배 덕분이야. 암튼 이 은혜, 두고두고 복수할게!

＊

회사로 가는 길, 횡단보도에 멈춰 선 차 안에서 그가 넌지시 중얼거렸다.

"오늘 혼인신고도 했는데, 뭐 없나?"

"응?"

"방이라도 잡을까나."

"난 또. 무슨 말인가 했네. 안 돼, 꿈도 꾸지 마."

"히히. 그냥 한번 해본 말이야. 그럼 뽀뽀라도 찐하게 해 주든가."

"알았어. 그 정도야 뭐."

살짝 뽀뽀를 하려는데 뒤에서 빵빵거린다.

"에이 참."

우린 길가에 차를 세우고 다시 입을 맞추었다. ……그런데…… 어쩌다 보니 뽀뽀가 너무 길어져버렸다.

묘해진 분위기 쇄신을 위해 나는 톤을 높였다.

"참, 선일 씨. 나 지금 빨리 가봐야 해. 새로 들어온 원단 체크해야 하거든."

"쩝. 알았어. 그럼 저녁에 보자."

✻

약속장소, 평범한 레스토랑.

별다른 이벤트는 없을 것 같다.

하긴. 그런 거 하면 선일 씨가 아니지…….

우린 여느 때와 다름없이 식사를 했다. 달달한 후식까지 맛있게 먹었다. 그리고 향긋한 허브차를 앞에 두고 앉았다.

……그런데……?

종업원 한 명이 '거대한' 꽃바구니를 힘겹게 들고 와서는 테이블 위에 풍성하니 내려놓았다. 우린 찻잔을 테이블 모퉁이로 서둘러 밀어냈다.

꽃바구니에 가려 그가 보이지 않는다.

다른 쪽 의자로 바꿔 앉으며 그에게 물었다.

“선일 씨. 이건?”

그도 내 앞으로 옮겨 앉으며 대답했다.

“기쁜 날엔 꽃도 필요하잖아.”

애고, 참내. 몇 송이도 아니고 다발도 아니고 이렇게 큰 꽃
바구니를 어떻게 들고 가려고…… 차에 실리지도 않겠구만.

“모란 씨. 저, 여기…….”

그가 와인 색 케이스를 꺼냈다.

“이거, 혹시?”

“그래, 맞아. 혼인신고 기념반지, 아니, 약혼반지로 생각
하자, 우리.”

나는 서둘러 덮개를 열었다.

“우와, 깔끔하다. 무지 이뻐.”

“한번 껴봐, 사이즈 어떤지.”

난 둘 중 작은 것을 꺼내 기분 좋게 껴보았다.

너무 끼이지도 헐렁하지도 않았다.

“응. 딱 맞네. 어떻게 이리 잘 맞춰 샀어?”

“내 새끼손가락이 모란 씨 약지랑 비슷해 보였거든.”

“으응. 그랬구나. 자, 선일 씨 건 내가 끼워줄게. 손 이리
줘봐.”

우린 그렇게 오늘이란 날짜에 의미를 부여했다.

*

우리의 결혼계획은 차근차근 진행되었다.
날짜에 맞춰 비행기 예약도 하고 집도 구하고 살림살이도
대충 장만했다.

*

드디어 출발 당일.

그는 그의 어머니에게, 나는 아빠 엄마에게 각자 비슷한
내용의 편지를 써두고 푸르스름한 새벽에 집을 나왔다.

우린 결혼을 했다.

턱시도와 웨딩드레스 대신 하얀 나비넥타이와 심플한 원피스로…….

단 한 명의 하객도 없는 결혼식이었지만 부족함은 없었다.

그가 얘기했던 대로 정말 아름답고 아늑하고 성스러운 공간.
간단한 식이 끝나고 우린 기다란 의자에 몸을 기대었다. 그가 내 손을 잡는다. 뽀개질 만큼 꼬옥…….

우린…… 한동안…… 그렇게…… 잔잔한 햇살 속에서…… 조용히…… 앉아 있었다…….

＊

첫날밤.

우린 거의 씨름을 했다. 서툴기 짝이 없는 우리는, 제대로 자리도 못 잡고 이리 뒹굴 저리 뒹굴 진땀을 흘렸다. 요즘 세상에 서른의 여자와 서른하나의 남자, 둘 다 무경험이라니 이건 어쩌면 뉴스에 날 일인지도 모르겠다.

솔직히 살짝 답답하기도 했지만 능숙한 테크닉을 구사하는 남자보다야 백배 낫다.

어찌어찌해서 겨우 대사를 치렀다.
한 10초 정도…….

＊

일주일간의 허니문을 즐기고…… 혼인신고 반지에 반짝이는 결혼반지까지 겹쳐 끼고 서울로 돌아왔다.

그리고 우리의 둥지, 신혼집에 들어섰다.

그는 짐을 대충 올려놓고, 내게 바쁜 키스를 하고, 회사 일 좀 보고 오겠다며 이내 집을 나섰다.

……혼자 남겨졌다.

갑자기 양가 어른들에 대한 걱정이 눈덩이처럼 부풀어 오른다. 시차적응이 안 돼서 그런지 머리도 띵하다.

트렁크를 열자 그간 꺼두었던 휴대폰이 옷가지 틈으로 한쪽 귀퉁이를 내밀고 있다. 휴대폰을 꺼내들었다. ……하지만…… 도저히 전원버튼을 누를 엄두가 나지 않는다. ……에라, 소파 위로 던져버렸다. 그리고 하나 둘 짐정리를 시작했다.

※

그의 전화.
"모란 씨. 내려와. 저녁 먹게."

※

가까운 동네 포장마차에 들어왔다.

해물우동 두 개랑 파전 하나를 주문했다.

얼큰한 국물에 속을 풀었다. 그리고 막걸리 한 병을 나눠 마시며 앞으로의 일을 계획했다.
……계획, 딱히 계획이랄 것도 없다. 양가 어른들 화가 풀릴 때까지 이쪽저쪽 오가며 열심히 비위를 맞추는 수밖에.

일단 토요일엔 그의 어머니에게, 일요일엔 친정으로 가서 무조건 몇 시간씩 눌러앉아 있다 나오기로 했다.

✳

토요일.
시댁으로 갔다. '시母'가 좋아한다는 얼그레이 홍차를 사 들고.

조마조마하며 현관에 들어섰다.

"엄마, 우리 왔어요!"
넉살도 좋은 그의 외침에, 거실에 있던 시모가 쌩하니 방으로 들어가 버렸다. 그는 쭈뼛거리는 나를 거실 소파까지

끌어놓더니 조금 기다리라는 눈짓을 하며 방으로 따라 들어
갔다.

방에서 이런저런 얘기가 한참 오가는 동안 나는 앉지도
못하고 안절부절 계속 서 있었다.

부엌에서 나온 도우미 아줌마가 날 아래위로 쓱 훑어보며
한마디 한다.
"간도 크게 어찌 그런…… 이게 대체 어느 나라 풍습이
래?"
"……."

삼십 분 정도 지났을까. 어떻게 구슬렸는지 그가 시모와
함께 방에서 나왔다.
그녀는 나오자마자 독기 어린 눈으로 내게 쏘아붙였다.
"그래. 참 잘났다, 잘났어. 세상에……."
"……."
"남자는 또 그럴 수 있다 치자. 하지만 어디 여자애가 어
른들 무서운 줄 모르고 이따위로 행동을 해!"
"……."
"니네 집도 그렇다, 딸내미 하나 제대로 못 가르친 양반들

이 뭐 그리 대단한 척 우리 선일이를 밀쳐내? 다들 복까불고 있는 거지! ……뭐, 술집이 어쩌고 어째? 웃기고들 있네. 지친 사람들 기분 풀어주는 일인데, 그게 뭐가 어때서?"

선일 씨가 방향을 틀었다.
"엄마, 절 받아야지."
"절은 무슨 말라빠진 절이야, 어버이날도 그런 식으로 쌈 싸먹은 것들이…… 그만 가봐라."
그녀는 소파에 털썩 기대앉았다.
선일 씨는 따라 앉으며 그녀의 무릎을 흔들었다.
"저기…… 엄마, 밥 좀 줘. 우리 아침도 굶었는데."
"나가. 나가서 사먹든 굶든 알아서 해."
그는 어린아이처럼 응석을 부렸다.
"아이, 엄마. 그러지 말고…… 나 지금 진짜 배고파 죽겠단 말야."
"……내 참……."
시모는 안 되겠다는 듯 고개를 두어 번 흔들더니 한숨까지 섞어가며 도우미 아줌마를 불렀다.
"후유…… 아줌마, 상 좀 봐줘요."

"근데 모란이, 넌 왜 내 아들 밥을 굶겨?"

“…….”

“아니, 엄마. 내가 오늘 늦잠을 좀 잤걸랑. 빵이랑 과일은 조금 먹었어.”

“얼빠진 놈, 벌써부터 지 마누라 역성은.”

선일 씨가 끌어당겨준 덕택에 엉거주춤 소파에 엉덩이를 내려놓은 나를 흘겨보며 시모가 말했다.

“너, 된장찌개랑 오이무침 좀 해봐라.”

부엌에 들어섰다. 유학시절 자취했던 경험이 도움이 되었다. 다싯물에 된장을 풀고 파랑 호박을 썰어 넣고 마늘을 다져넣고 두부를 잘라 넣었다. 대충 모양은 그럴 듯한데…….
이번엔 오이무침, 오이를 썰어 소금을 뿌리고 파·마늘을 다져 넣고 참기름과 통깨로 마무리했다.

그리고 도우미 아줌마가 이미 차려놓은 상에 두 가지를 섞어 놓았다.

“저기, 식사하세요.”

TV 앞에 있던 시모와 그가 식탁에 와 앉았다. 시모는 앉자마자 된장찌개랑 오이무침 맛부터 봤다. 나는 눈치를 살폈다. 아니나 다를까, 이내 그녀의 미간에 주름이 석 줄 잡힌다. 순간, 그와 나의 불안한 눈동자가 겹쳐졌다.

"이게 뭐야. 찌개가 이렇게 빡빡하면 질 떨어져 보이잖아. 그리고 오이는 너무 얇게 썰었다. 약간 두께가 있어야 씹는 맛이 있지. ……너, 요리학원 좀 다녀라."

"……네."

＊

대충 식사를 마치고 거실로 나와 앉았다.

"그나저나 지금 어디 있는 거야?"

"응, 엄마. 삼성동 센텀아파트."

"평수는."

"사십. 전세야."

"잘들 한다. 분양 받아놓은 거 놔두고 또 따로 집을 얻어?"

그에게 쏘아붙이던 시모가 이번엔 내게 물어왔다.

"살림 장만은?"

"네. 거의 다 했어요."

"식은 제대로 올린 거야?"

"……네."

그가 나섰다.

"엄마. 조용하고 깔끔하게 잘 했어. 정말 좋았다구. 솔직히 우리나라 결혼식은 시장바닥처럼 정신없잖아요."

시모도 약간은 수긍하는 빛을 보였다.

"근데, 니 처갓집, 아니, '새애기' 니네 집에선 뭐래?"

그가 대신 대답했다.

"내일 갈 거야. 엄마."

홍차까지 깔끔하게 마시고 시댁을 나왔다.

"모란 씨. 엄마는 이제 오케이야."

"뭐가."

"아까 모란 씨한테 새애기라고 불렀잖아. 그것만 봐도 아는 거지 뭐. 안 그래? 하하핫."

"글쎄……."

나는 왠지 웃음이 나오지 않았다.

일요일. 엄마 아빠한테 가기로 한 날.

몸살기가 돌아서 오후 느지막이 집을 나섰다.

그는 아빠가 즐기는 발렌타인 30년산과 엄마가 좋아하는 옥로 녹차를 준비했다.

“……엄마.”

멍하니 창밖을 내다보고 있던 엄마가 우리 쪽으로 고개를 돌렸다.

“모란이 너…….”

“미안해, 엄마.”

“죄송합니다. 장모님.”

자리에서 벌떡 일어서며 엄마가 소리를 높였다.

“뭐, 장모? 내가 언제 자네한테 장모 소리 듣고 싶다 했나?”

“엄마…….”

“이쯤에서 끝내라. 연애 한번 거하게 했다 치고 끝내라구.”

“엄마. 우리…… 혼인신고도 했어.”

“뭐야? 너 정말…….”

엄마가 관자놀이에 손을 가져갔다.

"꼴 보기 싫다. 당장 나가!"

"엄마. 이해 좀 해줘."

"나가라니깐. 아버지 들어오시기 전에 빨리 나가."

"그만하지."

등 뒤에서 아빠의 굵직한 목소리가 울렸다.

아빠는 텁텁한 표정으로 우리를 지나쳐 소파에 앉더니 선일 씨를 불렀다.

"자네 이쪽으로 좀 앉게나."

나도 그와 함께 나란히 앉았다.

"이렇게까지 할 정도로 우리 모란이가 그렇게 좋던가."

"예."

"……"

"……"

잠시 침묵이 공기에 녹아들었다.

"……그럼…… 잘 부탁하네. 조금 모자라는 점이 있더라도 덮어주고 감싸주게나. ……외동딸이다 보니 그냥 오냐오냐 키워서 말이야."

"……?"

예상치 못했던 아빠의 반응에 그도 나도 잠깐 멀뚱했다.

"……아, ……옙. 감사합니다, 장인어른. 아니, 아버님. 무조건 잘하겠습니다."

"내 미리 말해두지만 저 녀석, 성깔이 보통은 넘어. 혹시라도 살다가 힘들면 데려와. 내 언제든 받아줄 테니."

"아닙니다, 아버님. 그런 일 절대 없을 겁니다. 차라리 다른 집 장인장모님들처럼 '반품, AS 불가' 라고 말씀해주시죠. 그 편이 훨씬 좋겠습니다."

"그래? 허허허……."

난 메뚜기처럼 팔딱 뛰어 쪼르르 아빠 뒤로 가서는 목을 끌어안았다. 그리고 뽀뽀 세례를 퍼부었다. 쪽, 쪽, 쪽, 쪽, 쪼옥…….

"아이구. 이 녀석이 왜 이런대. ……허 참."

"아빠. 고마워요. 역시 우리 아빠야! 이번 어버이날 지나친 건 내년에 더블로 챙겨드릴게용. 쪽, 쪽, 쪽……."

"……그래, 술을 사왔구나. 이거, 지금 따버리자구."

"저기, 아버님. 절부터 받으시고……."

"아니. 됐네, 됐어."

난 잽싸게 잔을 준비하고 과일을 깎았다.

아빠는, 기가 찬 듯 한쪽에 우두커니 서 있던 엄마를 끌어
들였다.

"당신도 이리 와. 같이 한 잔 하게……."

그도 거들었다.

"그러세요, 어머님. 자, 이쪽으로……."

엄마는 탐탁지 않은 사위의 팔 힘에 못 이겨 꿀단지 같은
얼굴로 우리의 '연회'에 동참했다.

우리는 아빠의 넉넉한 이해심 덕분에 편히 놀다 저녁까지
푸짐하게 얻어먹고 나왔다.

결혼한 지 2주째.

우린 여느 신혼부부와 다름없는, 딱히 하는 일 없이 바쁜 나날을 보내고 있다.

어젠 우리 결혼의 일등공신인 은화선배 부부를 불러 단출한 집들이를 했다.

＊

엄마에게서 전화가 왔다.

"……그나저나, 모란아. 혼수는 어떻게 하려니."

"그런 거 필요 없어, 엄마. 그냥 우리 살림 우리가 알아서 준비한 걸로 끝냈으니까. 선일 씨도 자기 엄마랑 그렇게 얘기했을걸."

"그래도 이왕 결혼한 거, 시어머니 서운하게 만들면 안 될 텐데…… 게다가 외아들이잖니."

"신경 꺼, 엄마. 아직 서로 좋은 감정 아니잖아. 그딴 혼수 따위가 뭐 대수겠어. 이담에 좀 괜찮아지면 그때 상견례 비슷한 자리나 한번 만들지 뭐."

✻

아랫도리가 불편하다. 가려운 듯 쓰린 듯 따끔거리고 잔 뇨감으로 계속 화장실을 들락거리고 있다. 조금 그러다 말려니 했는데 점점 증상이 심해진다. ……아무래도 병원에 가봐야 할 것 같다.

컴퓨터 앞에 앉아 '여의사 진료' 산부인과를 검색하고 있는데 전화가 울렸다.

시모다.

"네. 어머님."

"비밀번호가 어찌 되나?"

"네?"

"니네 집, 대문 비밀번호 말이다."

……?

"6966이요."

"그래. 알았다."

삐리삐삐.

전화를 끊자마자 도어록 버튼음이 울리고, 시모가 현관에 들어섰다.

"어? 어머님."

"왜, 내가 못 올 곳이라도 왔니?"

지난 주말에 찾아간 지 딱 4일 만이다.

"아니, 그게 아니라…… 안 그래도 주말에 모시려고 했었는데……."

"부르지도 않았는데 뭐 하러 왔냐, 그 얘기야?"

"아뇨. 그게 아니라……."

"넌 어쩜 그리 기본이 안 됐어, 어째 며칠이 지나도록 대문 번호를 안 알리고 있는 거야. 전화번호 하나 달랑 가르쳐 주면 되는 거니?"

"저…… 그게……."

시모는 거실에 들어서더니 봄날의 하늘하늘한 스카프를 풀며 다시 말했다.

"내가 내 아들 집에 왔다가 너 없으면 그대로 돌아가야 하는 거냐?"

"……."

신경이 아랫도리에 쏠린다. 하필 이럴 때 들이닥쳐서
는…….

병원 간다며 밀어내자니, 아무리 그렇지만, 결혼 후 첫 방
문인데 그러기도 뭐하고.

"근데, 무슨 이런 걸 듣고 있니."

배경음악 삼아 틀어놓고 있던 요즘 유행곡들에(난 원래 혼
자 있을 때 찾아오는 그 조용한 정적을 잘 견뎌내지 못한다) 그녀는
트집을 잡기 시작했다.

"샹송이나 클래식은 아니더라도 올드팝 정도는 들어야지,
이게 뭐냐, 질 떨어지게……."

나는 오디오를 꺼버렸다. 집게손가락 한가득 신경질을 담
아서.

"쯧쯧. 집 꼬라지하고는. 가구들이 이게 뭐야. 우리 선일
이가 이런 거 고를 리는 없고, 이런 게 니 취향이냐? 내
참……."

그녀는 계속 틱틱 불평을 늘어놓으며 이방 저방 열어보고
안방까지 휙 둘러보고는 거실로 나왔다.

"이불보는 또 저게 뭐냐, 어쩜 그리 안목이 저렴해. 미대
까지 나왔다면서 색깔 감각이 그리 없어? ……쯧. 의상 디자

인하는 며느리한테 옷이나 좀 맞춰 입을까 했더니만 영 안
되겠네."
　기가 찼다. 티 잡을 걸 잡아야지.
　이래저래 짜증나는 김에 한 대꾸 했다.
　"하긴. 저희가 만든 옷, 소화해내실 어르신은 드물죠."
　"뭐?"
　"아니. 그냥 그렇다구요. 세대가 다르고……."
　"그리고?"
　"뭐랄까…… 취향도 다르고……."
　"그만해라! 나이 오십, 너도 금방이야. 눈 깜박하면 마흔,
또 한 번 깜박하면 오십……. 너도 그때 돼서 느껴봐라. 세
대니 어르신이니 하는 말들이 얼마나 듣기 좋은지……."

　암튼 다행이다. 까딱 취향 맞았다간 두고두고 옷 만들어
대기 바쁠 뻔했다.

　한껏 꽈배기를 틀며 내 말문을 막아버린 시모가 소파에
털썩 기대앉으며 누룽지 긁는 소리를 했다.
　"나, 아직 점심 전이다. 상 좀 차려라."
　오후 네 시.
　대체 지금 시간이 몇 신데 아직 점심도 안 먹고…….

"잠깐만 기다리세요."

나는 엊저녁 집들이 때 먹다 남은 음식들을 데워서 얼렁
뚱땅 푸짐한 상을 차렸다.

이젠 아랫도리가 쓰리고 따끔거리는 정도를 넘어 화끈거
리기까지 한다.

병원 금방 다녀올 테니 밥 먹고 있으라 하면 안 될까……
아니지, 그것도 좀 그렇다.

"반찬들은 친정에서 가져온 거냐, 아님 산 거냐?"

"친정에서요……."

"당분간 친정어머니가 고생 좀 하겠구나. ……참, 요리학
원엔 다니고 있어?"

"아뇨. 아직……."

"내가 다니란 말 안 했었나?"

"다음 주에 등록하려구요."

"그래. ……그리고 새애기, 너. ……넌 어찌된 게 시어미
한테 안부 전화 한 통 없니?"

"그게……."

"앞으론, 최소 '서른 시간'에 한 번은 전화해라."

―삼십 시간?

“거 왜, 하루, 스물네 시간이면 너무 빡빡하잖아. 그래서 여유시간 좀 섞어주는 거니까.”

“……네.”

식사를 마친 그녀는 젓가락을 놓으며 또 하나의 요구사항을 들이밀었다.

“일 년만 있다 들어오너라.”

욱신욱신 찢어지는 듯한, 금방이라도 오줌을 지릴 듯한 아랫도리에 힘을 주며 되물었다.

“네?”

“일 년만 여기서 지내고 집으로 들어오라구.”

……집? ……시댁?

순간 머리가 찌릿했다.

“저기, 그건…….”

시모는 내 말머리를 잘랐다.

“일 년. 그래, 그동안은 내가 눈감고 있어줄 테니.”

“……?”

그녀는 눈을 한껏 아래로 내려뜨더니 한쪽 눈썹을 꿈틀 움직이며 말을 이었다.

“우리 선일이가 니 남자로 지내는 건 딱 그 정도일 게다. 원래 아들들이란 신혼 지나고 마누라한테 새 맛을 못 느끼면 엄마 무릎으로 돌아오게 돼 있거든."

……허!

악담도 이런 악담이 없다.

홍차를 즐기는 시모에게 진하게 내린 커피를 내놓았다.

그녀는 그것을 반 이상 남기고 일어섰다. 애매한 미소를 머금고…….

✳

벌써 다섯 시가 넘었다. 부랴부랴 옷을 챙겨 입고, 화장실에서 다시 한 번 찔끔 볼일을 보았다.

……!

이번엔 살짝 피까지 비친다.

서둘렀다. 엘리베이터에서 내려, 거의 뛰다시피 차에 올라 키를 꽂으려는데 시모로부터 전화가 들어왔다. 미운 사람은 전화하는 타이밍조차 꼭 밉게 움직이는 법이다.

"내가 깜박했구나. 이제 곧 집 이사한다. 다음 주부터 리폼공사 들어가니까 신경 좀 쓰고!"

✳

    드디어, 아까 그 '여의사 진료'로 검색되었던 병원으로 찾아왔다.

    첫 내원환자 기록사항을 기재해서 접수 카운터로 내밀며 간호사에게 요구했다.

"저기, 여자 선생님으로 부탁드려요."

"어쩌죠? 오늘 사정이 있어 못 나오셨는데……."

    산부인과가 처음인 나는 잠깐 고민했다. 그냥 여기서 남자 의사에게 보이느냐, 아님 다른 병원을 알아보고 그곳으로 다시 찾아가느냐…… 난 전자를 선택했다. 아니, 선택할 수밖에 없었다. 벌써 진료 마칠 시간이 다 되어가고, 무엇보다, 지금도 연신 화장실 생각이 간절한, 딱히 뭐라 표현할 길이 없는 아랫도리의 불편함을 생각하면 어쩔 수 없는 일이었다.

    증상을 물어오는 간호사에게 대충 설명을 했더니 일단 소변부터 받아오란다. 시키는 대로 하고, 다리를 바짝 꼬고 앉아 길고 긴 인고의 늪에서 내 이름 석 자가 불리기만을 애타게 기다렸다.

＊

"백모란 님."

나는 진료실로 들어갔다.

젊은 남자 의사.

아까 간호사에게 대충 말했던 내 증상이 포스트잇에 쓰여 붙여진 차트와 검사기록지 수치를 보며 그는 간단히 말했다.

"방광염이시네요."

"방광염이요?"

"예. 일단 안으로 들어가시죠."

나는 간호사를 따라 내진실로 들어갔다.

생전 처음 보는 남자에게 내 속살을 보여준다는 게 상당히 거북하긴 했지만 '나는 환자, 이 남자는 의사' 라는 쿨한 마음가짐으로 당당히 내진을 마쳤다.

옷을 고쳐 입고 다시 진료실로 나왔다.

차트에 몇 글자 끼적이며 의사가 말한다.

"결혼 몇 년차신가요."

"보름 정도밖에 안 됐어요."

"아, 예. 보름……. 약 사흘 치 처방해드리죠. 물 많이 드시고 피곤하지 않게 푹 쉬세요. 한 열흘 정도는 부부관계 피하시고…… 그리고 지금 질정 넣어뒀으니 삼사십 분 정도 지나면 흘러내릴 겁니다. 갖고 계신 게 없으면 카운터에서 패드 하나 받아가시구요.”

“네. 감사합니다.”

나는 전혀 부끄럽지 않은 듯 천연덕스럽게 대답하고 인사하며 밖으로 나왔다. 내 뒷모습을 빤히 쳐다보고 있을 듯한 젊은 의사를 뒤로하고.

＊

넣어두었다는 질정 덕분인지 한결 살 것 같다. 화장실에서 패드를 차고 병원을 나왔다.

병원 건물 아래에 있는 약국에서 약을 받고 그 자리에서 약 한 봉을 박카스와 함께 입에 털어 넣었다. 그리고 한숨을 내쉬며 밖으로 나왔다.

“저기, 백모란 씨.”

……?

돌아보니 아까 그 남자, 산부인과의 젊은 의사였다. 퇴근하는 길인가 보다.

"네?"

"커피 한 잔 하실래요? 저녁 같이 드시면 더 좋고."

황당했다. 뭐 이런 남자가 다 있지? 딱히 할 말이 떠오르지 않는다.

"저기……."

"가볍게 생각하세요. 이것저것 따지고 살면 인생 피곤하니까."

"그게 아니라……."

"왜요, 남편 분 퇴근시간이 임박해서?"

살짝 짜증이 솟았다.

"왜 이러시는지 여쭤 봐도 될까요?"

"그야, 맘에 들어서죠. 그치만 신경 쓰지 마세요. 별 뜻 없으니까."

"……?"

"저, 여기 서서 이러는 것도 좀 그렇잖아요, 식사가 뭣하면 커피라도 한 잔 하자구요."

✳

그에게 떠밀리다시피 옆 건물 모퉁이의 커피숍에 들어왔다.

그가 멋대로 주문한, 뜨거운 아메리카노 두 잔이 테이블
에 놓이자마자 그는 기다렸다는 듯이 싱거운 제안을 해
왔다.

"우리, 친구 할까요?"

내 참, 기가 차서…….

"저, 남자친구는 이미 충분히 많아서요."

아까 내진실에서 속살을 보여준 민망함 때문인지 나는 상
당히 완곡하고 얌전한 말투를 쓰고 있었다.

"그래요? 쩝, 아쉽네요."

"……?"

"지금껏 보아온 버자이너 중에 최고였거든요. 모양도 색
상도 가히 환상적인 게, 위치며 사이즈까지…… 분명 질압
도 엄청날 테고, 정말 진정한 '꽃'이더라구요. 한 떨기 붉은
철쭉, 아니, 한 송이 장미라고나 할까. ……아, 그래, 모란
씨는 이름도 꽃이시죠……."

뭐 이런 미친…….

"저기, 변태 아니세요?"

나는 자리에서 일어섰다.

그도 엉거주춤 따라 일어선다.

"아니, 그게 아니라……."

"또 뭐요?"

“어쨌거나…… 조심하세요.”

“……?”

“남편 분한테 얘기해두시라구요. 밤에 허리운동, 너무 격하게는 하지 말라고. 남자들, 쓸데없이 지나치게 움직일 때가 많거든요. 굳이 그렇게 밀어붙이지 않아도 되는데…… 그러니까 말이죠…… 새신부가 앓는 방광염의 범인은 거의 그 남편들이니까…….”

“……흠흠, 충고는 감사히 받죠.”

그의 시선을 무시하고 커피숍을 나왔다. 아랫도리에 질정이 흘러내리는 것을 느끼며…….

✳

선일 씨가 퇴근했다.

나는 넥타이를 푸는 그에게 오늘의 헤드라인 뉴스를 전했다.

“낮에 어머님 오셨어.”

“그래? 왜.”

“왜긴 왜겠어. ……그나저나 일 년만 있다가 들어오라시네…….”

“…….”

“어쩌지, 어쩜 좋아?”

“뭘 벌써부터 걱정이야. 아직 일 년이나 남았는데.”

“그 일 년 동안 내가 삐쩍삐쩍 말라갈 것 같다구.”

그는 싱긋 웃으며 말했다.

“우리 엄마가 그렇게 싫어?”

“어머님이랑 나, 코드 안 맞는 건 선일 씨도 알잖아.”

“크하하. 암튼 그때 일은 그때 돼서 생각하자. ……혹시 알아? 그때쯤 모란 씨랑 엄마, 사이좋아져 있을지.”

나는 그의 말에 욱하는 배신감을 느꼈다.

“뭐? ……그럼, 그렇게 되면, 같이 살자고? 그게 나한테 할 말이야? 분명히 따로 살 거라 장담하고 약속까지 했었잖아!”

“그야…….”

“어떻게 이럴 수가 있어.”

“그게…… 그러니까…… 같이 있으면 조금 불편하긴 해도 좋은 점도 많잖아.”

“좋은 점? 그래, 어디 한번 말해봐.”

“이담에 아기 낳았을 때 엄마가 봐주면 모란 씨도 편하지 않겠어?”

“천만에.”

“아냐?”

“나 혼자서도 충분히 키워. 때에 따라선 우리 엄마가 와서 도와줄 수도 있을 거고, 어쩜 베이비시터를 부를 수도 있는 일이고.”

“…….”

“그래, 또 어떤 점이 좋은데?”

“……사실…… 처음엔 별 생각 없었는데…… 밤에 엄마 혼자 두는 게 부쩍 마음에 걸려서.”

“뭐? ……밤에, 뭐라구? 최고의 경비시스템이 깔려 있는 집인데 뭐가 걱정이야? 혼자 계신 게 그렇게 신경 쓰이면 입주 아줌마로 바꾸든지, 아님, 귀여운 강아지라도 한 마리 안 겨드리든지.”

“그래. 알았어, 알았어. 걱정 마. 모란 씨가 싫다면 들어가잔 소리 안 할 테니깐.”

＊

씻고 나오는 그에게 나는 다시 말을 꺼냈다.

“선일 씨. 일 년 있으면 다시 어머님 품으로, 무릎으로 돌아갈 거야?”

그는 수건으로 머리를 털며 물어왔다.

"그건 또 무슨 소리야."

"어머님이 그러셨어. 선일 씨가 내 남자로 지내는 건 기껏 해봐야 일 년 남짓일 거라고……."

"내 참. 그런 말은 그냥 좀 흘려들어. 우리 엄마, 원래 농담을 진담처럼 하는 게 특기야. 그러니까 그저 그러려니 하라구."

짜증 섞인 그의 대답에 은근히 마음이 풀렸다.

"참, 선일 씨. 나 오늘 병원 갔었는데……."

"병원? 왜, 어디 아팠어?"

"응. 죽는 줄 알았어. 방광염이래."

"지금은 어때, 괜찮아?"

"뭐 그럭저럭. 견딜 만은 해."

"연락하지 그랬어. 남편 뒀다 어디 쓰려고…… 앞으론 혼자 병원 드나들지 마. 그것처럼 청승맞은 것도 없다니까."

"청승? 그건 또 무슨 말이야?"

"엄마가 그러던데? 남편이나 자식 있는 여자가 혼자 병원 가는 것처럼 청승맞은 것도 없다고."

시모가 아들한테 꾀 좀 부리고 살아왔나 보다. 하긴……
남편 없이 아들 하나 바라보고 살아온 삶인데, 그 정도 꾀야
백번 부린들 과하지 않을지도 모른다.

“그나저나 치료는, 내일도 병원 가?”

“아니. 그냥 약만 먹으면 되나봐. 사흘 치 받아왔거든. 물
많이 마시고 푸욱 쉬고 있으면 빨리 낫는데.”

“그래?”

그는 다행이라는 듯 씨익 웃어보였다.

“모란 씨. 우리, 도우미 좀 부르자.”

“왜, 갑자기.”

“왜긴. 이번에도 봐, 피로가 겹치니까 그렇지. 피곤하면
면역력이 떨어진다잖아.”

“싫어.”

“그렇게 하자니깐.”

“쳇. 주말에 청소하기 싫어서 그러지?”

“아니, 그게 아니고…… 요즘 모란 씨 얼굴이 계속 피곤해
보여서.”

“사실 나도 그러고 싶긴 한데…… 영 안 내켜…….”

“왜.”

“실은 예전에 집에 오던 아줌마들이 있었는데…… 믿고 맡길 만한 사람이 정말 없더라구. 글쎄 방이며 마루에 카펫까지 밀고 돌리는 청소기로 신발 신고 벗는 현관마저 쓸어버리는 아줌마도 있었고, 마루 닦던 걸레로 책상을 닦는가 하면 침대베개를 질근질근 밟고 올라가서 커튼 끼우던 아줌마, 심지어 변기 닦는 스펀지로 양치컵 씻던 아줌마까지. 우연히 그런 장면들이 엄마 눈에 띄어서 그만들 두곤 했는데 다들 그런 식으로 몇 년씩 일했을 걸 생각하니 집에 다른 사람 부르는 것 자체에 거부감이 느껴지더라구. 그래서 우리 엄마도 대청소라든지 뭐 특별한 날이 아니면 도우미 잘 안 불러.”

“듣고 보니 좀 그러네. 그치만…… 깨끗하게 잘해주는 아줌마들도 많이 있을 텐데.”

“됐어, 그냥. 그러니까 꾀부리지 말고 주말 청소나 깔끔히 해.”

“…….”

“왜 대답이 없어?”

“쩝. 알았어.”

“선일 씬 내가 왜 남들 다 가는 마사지실이나 피부미용실에 안 가는 줄 알아?”

“왜, 타고나서? 자신 있어서?”

“피. 립서비스하고는. 사실은 몇 년 전에 피부관리실에서 팩을 하고 누워 있었는데 말야. 잠도 안 오고 무료해서 눈을 이리저리 돌리고 있었거든. 근데 내 담당 관리사가 왔다갔다하며 쓰레기통을 비우더니 바로 내 머리 위에 와서 앉더라구. 설마설마 했는데 세상에, 그 더러운 손을 씻지도 않고 내 얼굴의 팩을 뜯어내고 마사지를 시작하지 뭐야.”

“허헛. 그래서, 모란 씨 성격에 그대로 참았을 리는 없고, 어쨌어?”

“첨엔 너무 황당해서 말도 안 나왔어. 한 5초 정도 대주고 있었던 것 같기도 하고. 근데 내 얼굴 위에서 그 관리사의 손가락들과 함께 여러 세균들이 스멀스멀 춤을 추기 시작하는 듯한 오싹함에 나도 모르게 시술대를 박차고 일어났지 뭐. 그러곤 곧바로 세안실로 가서 뽀득뽀득 씻고…….”

“푸하하하…….”

“웃긴. 난 지금도 그 일만 생각하면 소름 돋아 죽겠구만.”

잠자리. 선일 씨의 팔을 베고 누웠다.

그가 살짝 돌아누우며 다른 한 손으로 내 머리카락을 만지작거렸다. 그리고 언제나처럼 부드럽게 어깨와 목 언저리를 쓰다듬기 시작했다.

나는 몸을 틀었다.

"선일 씨. 안 된대."

"응?"

"의사가 그랬어. 열흘 정도는 관계 피하라고."

"열흘씩이나? 내 참. 신혼의 단꿈을 즐기는 신랑한테 이런 가혹한 시련이 도래하다니…… 쩝."

쩝쩝 입맛을 다시는 그의 팔을 다시 잡아끌어 목 뒤로 베고 누우며 나는 조곤조곤 말했다.

"근데 있잖아……."

"또 뭐."

"나더러 꽃 중의 꽃이래. 무지하게 예쁘다고…… 헤헤."

"뭐, 또 이름 덕 본 거야?"

그는 싱긋 웃었다.

"아니. 그런 거 있어."

나는 혼잣말처럼 웅얼대며 은근히 히죽거렸다.

솔직히 아까 그 의사. 미친놈이라 여기면서도 '변태 아니냐' 며 틱틱거리면서도 솔직히 기분이 나쁘지는 않았다. 아니, 오히려 좋았던 것 같다. ……뭐랄까, 난 보이는 곳이나 보이지 않는 곳이나 다 예쁘고 아름다운 여자라는 묘한 자신감이 생겼다고나 할까.

✳

시모에게 전화를 했다. '적어도 삼십 시간에 한 번'이라는, 그녀의 요구에 맞추어.

"어쩐 일이냐."

"……그냥…… 안부 전화요……."

"아, 그래. 그건 그렇고 내일 친구들 모임이 있는데, 좀 나오너라. 널 보여줘야 축의금을 받아도 받을 거 아니냐. 그동안 내가 여기저기 뿌려온 축의금이 얼만데. 암튼 가족끼리 하와이에서 식 올렸다고 해뒀으니까……."

"저기요, 어머님. 제가 지금 방광염 땜에 좀……."

"방광염? 쯧…… 적당히들 하지 않고, 미련스레……."

"네?"

"아니다. 끓인 물이나 많이 마셔라."

뒤통수를 거꾸로 쓰다듬는 듯한 말투. 그녀는 불쾌한 뉘앙스를 풍기며 '탁' 하니 전화를 끊었다.

짜증이 난다. 소파에 그대로 기대 누웠다.

삐링링.

때맞춰 선일 씨가 보낸 문자. 동그스름한 하트가 둥실둥실 예쁘게 떠 있다.

나는 그 풍선 같은 하트 덕분에 시모의 감정 영향선에서 살짝이나마 벗어날 수 있었다.

＊

잠깐 바람 좀 쐬러 나왔다.

참. 요리학원…….

시모의 잔소리가 문제라기보다 우리 식탁이 내 요리 실력을 절실히 요하고 있다.

휴대폰을 꺼내 가까운 요리학원을 이리저리 검색해보다가…… 결국은 서점에 들러 요리책만 한 아름 안고 돌아왔다.

오늘은 선일 씨 생일.

언제나처럼 토스트에 햄을 곁들여 먹고 있는 그에게 말
했다.
"선일 씨. 저녁엔 미역국 끓여 놓을게."
"응. 헤헤. 안 그래도 되는데……."
"다른 거, 뭐, 먹고 싶은 건 없어?"
"음…… 잡채랑 닭찜!"
"알았어. 맛있게 해둘 테니까 기대해."

아무래도 엄마를 불러야 할 것 같다.

✳

엄마가 와서 잡채를 볶고 닭찜을 하는 동안, 미처 선물을
준비하지 못했던 나는 백화점으로 나왔다. 뭘 살까 이리저

리 돌고 있는데 시모로부터 전화가 들어왔다.

"네. 어머님."

"어디냐."

"백화점이요."

"우리 선일이 선물 사러?"

"네."

"너도 참. 명색이 신랑 생일인데 미리미리 준비해놓지 않고. 쯧쯧."

"……."

"내 건 샀니?"

"네?"

"내 그럴 줄 알았다. 내 것도 하나 준비해라."

"……?"

"왜, 이상해? 넌 어쩜 그리 센스가 없니. 네 신랑 낳느라 고생한 건 나니까 나한테 감사해야 할 것 아니냐."

"아, 예……."

"저녁에는 찬 준비해서 선일이랑 이리로 오너라. 다시 한 번 말하지만, 따지고 보면 선일이 생일상 주인공은 나야. 기억해둬라."

전화를 끊었다.

하긴 전혀 일리 없는 말은 아니다.

근데…… 왜 이렇게 기분이 껄끄럽지?

✳

선일 씨가 퇴근했다.

넥타이를 끄르려는 그에게 준비했던 선물을 내밀었다.

서류가방.

"우와. 모란 씨. 어떻게 이리 내 맘을 잘 알아? 안 그래도 새로 하나 살 참이었는데……"

쓰던 가방에서 서류며 내용물들을 꺼내 새 가방으로 옮겨 넣으면서 그는 어린아이마냥 연신 싱글거렸다.

엄마는 요구하지도 않은 부추전이며 튀김에 나물까지 해 놓고 갔다. 그것들을 이리저리 싸고 있는 날 보더니 그가 브레이크를 걸었다.

"모란 씨. 잠깐만 있어봐."

그리고 시모에게 전화를 한다.

"엄마, 엄마가 이리로 좀 오면 안 돼? 음식 가지고 가는 게 번거롭잖아. 국도 있는데…… 응. ……그래, 알았어. 빨리 와, 배고파 죽겠으니깐."

시모가 왔다.

데울 건 데우고 끓일 건 끓여서 나름대로 정성껏 상을 차렸다.

대충 식사가 끝나고 과일을 깎는데 시모가 말했다.

"다음부턴 차라리 우리 집에 와서 음식 준비해라. 꼭 이렇게 내가 움직여야겠냐?"

"네."

선일 씨가 유들거렸다.

"엄마도 참. 두 사람 움직이는 것보다야 한 사람이 움직이는 게 더 효율적이잖수?"

"시끄러! 인석아. ……참, 새아가. 내 선물은?"

깜박하고 있었다. 소파 옆에 두었던 백화점 봉투에서 망사 카디건이 든 상자를 끄집어내서 시모에게 건넸다.

"어? 엄마, 무슨 선물?"

"녀석아. 너 낳느라 내 죽을 뻔했잖냐."

갸우뚱하는 선일 씨에게 간단명료하게 설명하며 내가 건넨 상자를 열어보는 시모.

"흐음. ……꽤 괜찮네. 내가 이 브랜드 즐겨 입는 건 또 어찌 용케 알았구나. ……그래. 잘 입으마.”

＊

시모 친구들 모임에 나왔다.

친구들 앞에서 부담스러울 만큼 내 자랑을 해대는 시모.
“우리 며느리 어때, 예쁘고 참하지? ……요즘 한창 뜨고
있는 의상 디자이너야. 거기다 요리도 잘하고…….”

나는 그녀와 비슷한 분위기의, 십 수 명의 중년부인들에
게 얌전히 인사를 하고 앉았다가 식사가 나올 때쯤 살며시
자리에서 일어났다. 그리고 일인당 십만 원이 넘는, 비싼 계
산을 하고 나왔다.

쩝.
시모는 축의금 벌고, 나는 쌩돈 날리고…….

시모가 이사할 집 공사가 시작되었다.

상당히 큰 집…….
일 년 후를 염두에 둔 시모의 움직임에 한숨이 나온다.

✳

나는 매일 인부들의 새참을 제공했다. 빵이나 떡, 김밥이
며 유부초밥 등을 사들고 시간에 맞춰 공사 집을 오갔다.

오늘은 비도 오고 차도 막혀 조금 늦게 도착했다.
그런데…… 집 안에서 웬 싸우는 소리가 새어나온다. 들
어가 보니 무슨 이유인지는 모르겠으나 시모가 인부 한 명
과 심하게 다투고 있었다.
시모는 내가 들어서는 것을 보더니 내 손에 들려 있는 봉
지를 낚아채서 바닥에 내동댕이쳤다. 그리고 그것을 발로

차고 밟으며 밖으로 나갔다. 시모의 이미지와는 너무나 거리가 있는 행동…… 말릴 틈도 없었고 말릴 용기도 없었다.

그것을 본 인부들은 하나 둘 일을 접고 일어섰다. 그리고 그들 또한 바닥에 뒹구는 것들을 발로 차고 밟으며 자리를 떠났다.

갑자기 어지러웠다.
벽지도 안 발린 차가운 시멘트벽에 몸을 기대고 한참을 서 있었다.

✳

우여곡절 끝에 리폼도 마무리 지어지고 오늘은 시댁의 이삿날.
당연히 나도 가서 도왔다.
포장이사라고는 하지만, 대충 여기저기 꽂아두고 가는 얼렁뚱땅 직업정신에 우리가 정리할 뒷일은 오히려 두 배로 많아진 듯했다. 몇 시간을 하다 보니 등도 아프고 팔이 저렸다. 게다가 망할 놈의 도우미 아줌마는 아까부터 계속 날 인부 부리듯 한다. 성질이 머리끝까지 치밀었지만 시모랑 언니 동생처럼 친하게 지내는 여자라 억지로 참았다. 그리고 이리저리 피해 다녔다.

*

이사도 대충 끝나고, 도와주러 온 시모의 친구며 시이모들이랑 다 같이 저녁을 먹었다. ……그중 큰이모가 내 칭찬을 했다.

"넌 며느리 복도 많다. 우리 며느리는 이사를 하든 뭘 하든 코빼기도 안 비치는데……."

질척한 울면 면발을 졸졸 빨아들이며 시모가 답했다.

"언니네 며느리는 한의사잖아. 원래 능력 있고 잘난 애들은 바빠서 이런 일 못 도와. 그건 언니가 이해해."

……허!

기가 찼다.

그러면…… 나는…… 능력 없고 못난, 시간이 남아도는 며느리?

*

나는 아빠 회사 디자인실에 내달부터 다시 근무하기로 했다.

시모에게 알렸다.

"어머님. 저 다음 달부터 회사 나가요."

"그래? 잘됐네. 니 용돈 정도는 니가 벌어 써야지."

어쩜 말을 해도 참…….

집 전화를 놓자마자 휴대폰이 울렸다.

모르는 번호. ……누구지?

"여보세요."

"안녕하세요. 저, 문현준입니다."

……문현준? 누구더라.

"저기, 카라여성병원의……."

아, 그래. 맞다. 그 변태.

"시간 좀 내주실래요? 지난번에 너무 심하게 오해하신 듯해서, 변명도 좀 하고 싶고……."

스스로 '변명'이란 단어를 쓴다. 가만 생각해보니 꽤 재미있는 남자긴 하다.

"저, 오늘 진료 없거든요. 점심 같이 어때요?"

마침 기분도 꿀꿀하고 한데, 어디 한번 나가볼까나?

스테이크하우스.

약간 어두운 듯한 실내의 공기를 가르며 들어서는데 얼핏 희뜩하니 그의 올려든 손바닥이 눈에 들어왔다. 기다리고 있던 그에게 다가갔다. 날 반기며 일어서다 그만 테이블에 놓였던 물컵을 쏟아버리는 그. 연신 물을 닦아내며 허허거리는 얼굴이 선하다. 말하는 걸 보면 분명 선수일 듯한데 어째 선수들에게서 느껴질 법한 뺀질감은 전혀 없는 묘한 남자다.

"많이 기다리셨어요?"
"예. 조금. ……이왕이면 왕창 늦게 오시지 그랬어요."
"네?"
"아름다운 여인을 기다리는 것보다 감미로운 시간은 없다죠."
나는 피식 웃어넘겼다.
"근데 폰 번호는 어떻게 아셨죠?"
"그야 차트만 찾아보면 되는 건데요 뭐."
"아, 그러네요."
지난번 무례하기 짝이 없어보였던 그가 오늘은 꽤나 깍듯한 어투를 구사한다.

"저기, 그때 그렇게 벌레취급 받고 나서…… 전화하는 거, 상당히 망설였는데…… 이렇게 나와 주셔서 고맙습니다."

왠지 어색해서 일부러 농담을 던졌다.

"그나저나 병원 환자들한테 다 이러시는 거예요?"

자리까지 고쳐 앉으며 펄쩍 뛰는 그.

"아니, 무슨 말씀을 그리 서운하게 하시나? 아니, 아니에요."

"푸훗. 됐어요. 배고픈데, 어서 주문이나 하죠."

"정말, 진짜 아니라니깐요."

손사래를 치는 그를 보는 둥 마는 둥, 나는 메뉴판을 뒤적였다.

✻

나는 안심스테이크, 그는 해물스파게티를 주문했다.

"자, 문 선생님. 어서 말씀해보세요."

"예?"

"지난번 일, 변명할 게 있으시다면서요."

"……아, 그게…… 그러니까 난 변태가 아니라구요. ……

어디까지나 있는 그대로의 사실을 말했을 뿐이고…… 진짜,
정말……."
"후훗. 그만 알았어요. 변태란 말, 취소할게요."
"근데 모란 씨. 오늘 무슨 일 있어요?"
"왜요?"
"지난번보다 훨씬 긍정적인 삶을 살고 계신 것 같아
서……."
내 참. 거창하게도 표현한다.
"저, 원래 성격 화끈해요. 지난번엔 컨디션이 안 좋았을
뿐이고."
만면에 미소를 띤 그가 지난번 얘기를 리바이벌했다.
"어때요, 모란 씨. 우리 친구 안 할래요?"
나도 지난번 그 거짓말로 다시 한 번 살짝 튕겼다.
"문 선생님 아니라도 저, 남자친구 포화상태라니까요."
"에이 참. 나도 좀 끼워줘요."
"푸후훗."
"아님…… 차라리 날 게이라고 생각하든지."
"게이?"
"어디서 들었는데 여자들한텐 게이 친구가 제일 편하고
좋다더라구요. 남자친구는 아무래도 이성이라 불편한 점이
있고, 여자친구는 아무리 친한 사이라 해도 어쩐지 경쟁대

상으로 느껴지니까……."

"후훗. 알았어요. 그럼 앞으로 문 선생님, 게이로 생각해
드리죠 뭐."

그는 결혼에 두 번 실패한 독신이라고 했다. 아이는 없고
나이는 서른넷.

대화에 서먹함을 띄우지 않는 점이 상당히 마음에 들었
다. 그냥 진짜로 친구 삼아버릴까나…….

"솔직히 남편 분이 부럽더라구요."

"……?"

"솔직히 이런 말, 노골적으로 하기 좀 뭐하긴 한데…… 모
란 씨 같은, 속칭 '명기' 랑 한 이불을 덮으면 대체 어떤 느낌
일지 상당히 궁금하기도 하고…… 남편 분한테 한번 물어보
고 싶네요."

사뭇 진지해 보이는 그의 표정에 나도 모르게 깔깔거렸
다. 그리고 한 대답 했다.

"물어본들 우리 그이는 별 대답 못할 걸요. 나 말고는 여
자 경험이 전무후무하대니까."

"그런 말, 순 뻥이에요, 뻥! ……아니지, 혹시라도 그게 진
짜라면 비교대상이 하나도 없다는 건데, 그러면 남편 분은

모란 씨의 가치를 전혀 실감하지 못하는 거잖아요. 내 참. 옥석도 가리지 못하는 위인에게 최고의 비취를 안겨준 셈이네, 쯧쯧.”

들고 보니 그럴 듯하다. 차라리 선일 씨가 다른 여자들이랑 약간 놀아본 사람이면 좋을 뻔했다. 그랬다면 좀 더 왕창 뻐기며 살 수 있었으려나…….

나는 말을 돌렸다.

“저기, 문 선생님. 이거, 우리 좀 불공정한 거 아닌가요? 선생님은 절 보셨지만 전 선생님을 못 봤잖아요. 이런 얘기 하려면 일단 선생님 것도 보여주셔야죠.”

“아, 그런가요? 크허허. 그럼 지금 화장실 같이 가실래요? 아님, 방이라도 잡아요? 큰 걸로 보실래요, 작은 걸로 보실래요?”

“풋. 선생님도 참. 사진이나 몇 장 찍어서 전송해주세요. 휴대폰 초기화면으로 띄워두게……. 후후훗.”

“그거, 실물로 보는 것만 하겠어요, 어디? 끄흐흐흐.”

껄쭉한 삼십 대의 발칙한 농담을 주고받으며 그와 나는 잠시 진상을 떨었다.

“어쨌거나 심심할 땐 연락해요. 나, 수요일이 주중휴일이니깐……. 그리고 남편 분 늦게 들어오는 날도…….”

어느새 나는 그를 친구로 받아들이고 있었다. 그가 남자긴 하지만, 내가 유부녀이긴 하지만, 네 살의 나이 차가 있긴 하지만, 그런 건 모두 무시하기로 했다. 혹시 그가 날 여자로 보는 부분이 있다 하더라도 상관없다. 이성으로 다가온, 그리 달갑지 않은 남자를 친구로 만들어버리는 건 내 특기이기도 하니까. 친구는 단지 친구일 뿐이니까…….

나는 스테이크를 한입 오물거리며, 빵으로 스파게티 접시만 싹싹 긁고 있는 그에게 물었다.
“그거만 드시고 되겠어요? 이거 좀 드실래요?”
“아뇨. 원래 고기는 그다지 즐기는 편이 아니라서.”
“근데 왜 여기서 만나기로 했어요?”
“허헛. 장소 정한 건 모란 씨였잖아요.”
“아, 그랬나요? 그럼 말씀을 하시지…….”
“아니 괜찮아요. 신경 쓰지 마요.”
나는 무심히 고개를 끄덕이며 피클 하나를 집어먹었다.

*

그의 시시껄렁한, 때로 외설적이기도 한 농담들에 한 번씩 웃어주며 그럭저럭 식사를 마치고, 드디어 후식이 테이블에 놓였다. 그는 커피를, 나는 녹차를.

커피 잔을 잡는 그의 손. 손등에도 손가락에도 듬성듬성 털이 나 있다. 덥수룩한 머리. 눈썹도 짙다. 게다가 까무잡잡한 피부까지, 상당히 건강하고 언뜻 야성미까지도 느껴지는 남자다.

머리를 긁적이며 그가 말했다.
"상당히 특이하시네요."
"네? 뭐가요?"
"스테이크 먹고 나서 녹차 찾는 사람 처음 봤어요."
"정말요? 후훗. 제가 원래 커피를 안 즐겨서요."

우러난 녹차팩을 건져내는 내게 그가 물어왔다.
"저기, 모란 씨. 모란 씨는 세상에서 가장 무서운 사람이 누구라고 생각해요?"
"네?"

"세상에서 제일 무서운 사람들 말이에요."

난 잠시 머뭇거리다 대답했다.

"살인자? 아님, 전쟁 선포하는 정치가?"

"……난 말이죠. 농장 하는 사람들이라고 생각해요. 동물 농장, 그러니까 소농장이나 돼지농장 같은 거."

"……?"

"그 사람들, 갓난 새끼 때부터 받아서 열심히 먹이고 키우고…… 한 번씩 머리까지 쓰다듬어 가며 자식 같네 어쩌네 키우다가는 때 되면 짤없이 시장에 고기로 내다 팔잖아요. 어떻게 그럴 수 있는지…… 난 죽었다 깨도 그렇게 못할 것 같은데."

방금 스테이크 한 판으로 배를 채운 나는 알 수 없는 민망함과 죄책감에 휩쓸렸다.

"하긴……."

"먹는 사람들이야 그냥 고기 그 자체로 받아들이고 식재료로 삼는다지만 매일 그 맑은 눈들을 마주치면서 몇 년이고 키우던 사람들은 좀 다르잖아요."

"……그러네요."

별 생각 없이 휘적휘적 살 듯한 그에게서 생각지도 못한 감수성을 발견했다. 얘기하는 장소와 타이밍이 살짝 거슬리긴 했지만, 암튼 꽤 괜찮은 사람이라는 생각이 들었다.

갑작스레 선일 씨의 출장이 잡혔다. 열흘이나.

"선일 씨, 따라가면 안 돼?"
"안 되긴. 나도 좋지. 같이 가자."

그가 시모에게 연락했다.
"엄마. 나 내일 독일 출장 가. 모란 씨도 같이 갈 거야. 그
러니까……."
시모가 뭐라 그랬나 보다.
"엄마가 모란 씨 바꾸래."
"네, 어머님."
"남편 일하러 가는데 거길 여자가 왜 따라가? 하는 일 지
장 있게…… 어찌 그리 하는 일마다 그러냐. 잔말 말고 얌전
히 집에 있어. 아님, 친정 가서 가정교육이나 더 받고 오든
지."
— 뭐? ……가정…교육?

"새애기 너, 내 말 듣고 있는 거니? 알아들은 거야?"
"네."
짤막하게 전화를 끊었다.

내달부터 다시 회사 나가면…… 선일 씨 출장 따라나서는
것도 그리 자유롭지 못할 텐데……. 신혼의 추억 하나를 사
전 봉쇄해버리는 시모에게 화가 치밀었다.

옆에 앉아 있던 선일 씨가 내 눈치를 본다.
"모란 씨. 왜."
"같이 가지 말래."
"뭐 땜에."
"몰라. 당신 엄마 마음을 누가 어떻게 알겠어."
다시 전화기를 드는 그를 말렸다.
"됐어, 그만. 선물이나 이쁜 걸로 사 와. 알았지?"

다음 날.

"모란 씨. 심심할 텐데 친정에 좀 가 있는 게 어때?"

“그래. 알아서 할게. 걱정 마.”

그는 예쁜 선물을 약속하며 보스톤가방 하나 달랑 들고
집을 나섰다.

＊

“너, 지금이 몇 신데 여태 자고 있는 거냐.”
깜짝 놀라 눈을 떴다. 아침 여덟 시. 언제 왔는지 시모가
방문턱에서 소리를 지르고 있다.

눈 비빌 틈도 없이 자리에서 일어나 부랴부랴 가운을 걸
치고 거실로 나갔다.
또다시 목소리를 높이는 시모.
“넌 어른 앞에 어디 그 꼴로 나오니, 그렇게 배웠어?”

다시 옷을 갈아입고 나왔다.
“뭐 하나 마음에 드는 게 있어야지. 원.”
……뭔 일이라도 있나, 왜 이러지?
시모는 갑자기 표정 없는 얼굴로 일어섰다. 그러고는 협
탁에 놓인 크리스털 꽃병을 바닥에 내리쳤다.

"이런 걸로 집 꾸밀 생각 말고 니 자신부터 다듬어."

그녀는 바닥에 낭자한 크리스털 파편과 물과 꽃을 피해 거실을 빙 둘러 집을 나갔다. 대문이 부서지는 듯한 소리와 함께.

나는 잠시 멍했다.

무슨 일이 일어났는지. 무엇이 스쳐 갔는지…….

✳

요 며칠 계속……

불시에 찾아와서는 이유 없이 이런저런 꼬투리를 잡아 뭐든 하나씩 깨놓고 간다.

컵, 액자, 스탠드……

스트레스 때문이라면 그나마 이해할 수도 있겠지만 단순히 그것만은 아닌 듯하다.

집에 있자니 속이 울렁거려 견딜 수가 없다.

❋

밖으로 나왔다. 쌍쌍이 다니는 커플들이 꽤 많이 눈에 띈
다. ……그래. 오늘, 일요일이었지…….

커피숍의 옥외 테이블에 잠시 멍하니 앉아 있는데 등 뒤
에서 누가 말을 걸어왔다.

"어? 모란 씨 아니세요."

"어머, 문 선생님."

"허허. 이렇게 또 만나네요."

그는 내가 앉은 테이블 위를 슬쩍 보며 물었다.

"누구 기다려요? 아님, 혹시…… 혼자?"

"네, 혼자요. 앉으세요."

그는 내 앞자리를 차고앉으며 다시 물어왔다.

"남편 분은요?"

"출장 중이요."

"아, 그럼 잘됐네요. 나도 같이 놀아줄 사람이 궁했는
데……."

"……."

"근데, 모란 씨 표정이…… 왜, 무슨 일 있어요?"

"아뇨. 그냥……."

갑자기 소나기가 내리친다. 아까부터 어째 하늘 색이 수상쩍다 했다. 우린 커피숍 안으로 자리를 옮겼다.

냅킨으로 옷에 묻은 빗방울을 닦아내고 있는데 그가 엉뚱한 말을 해온다.

"비 마시는 것도 좋은데."

"네?"

"잠깐만요."

그는 종업원에게 물컵 하나를 빌리더니 밖으로 나가 그것을 옥외 테이블에 놓아두고 들어왔다.

"……?"

갸우뚱하는 내게 그는 찡긋 웃어 보였다. 그리고 내가 마시던 토마토주스를 홀짝 핥아내듯 마시고는 다시 나가서 빗물이 고인 그 컵을 가져온다.

"자, 여기요."

"……?"

"그냥 마셔요. 벌컥벌컥. 그러면 웬만한 꿀꿀함은 가시니까."

내 참. 빗물을 마시란다. 눈도 그렇고 비도 그렇고, 담아두면 용기 바닥에 까만 앙금이 내려앉는 더러운 물이지 않은가. 이 남자가 지금 장난치나?

"싫어요. 아무리 그렇지만 이걸 어떻게……. 얼핏 보기에도 흐리구만.”

“속는 셈 치고 한번 마셔보시라니깐. 스트레스가 확 풀리는데…….”

“그래두요.”

싹둑 잘라 거부하는 내 표정을 잠시 살피더니 그는 내 앞에 놓였던 그것을 쓱 가져가서 꼴딱꼴딱 원샷을 했다.

“어허, 시원하다! 맛만 좋구면서도.”

기분 좋게 컵을 내려놓던 그는, 기막혀하는 내 얼굴을 보더니 싱글싱글 중얼거렸다.

“난 한 번씩 이렇게 기분을 풀어요. 비오는 날엔 비를 마시고 눈 내리는 날엔 눈을 먹고…….”

그의 말 언저리에 문득 시골 아이 같은 낭만이 묻어 있다. 나도 갑자기 그렇게 해보고 싶어졌다.

“고향이 어디세요?”

“예? 고향이요? 서울인데, 왜요?”

“아, 아녜요. ……저도 언젠가 한번 도전해봐야겠네요. 정말 그렇게 효과 있는 거라면…….”

“이왕 도전할 거, 오늘 해보지 그래요.”

“아니, 그래도 아직은 좀…… 사실은 제가 결벽증이 조금 있거든요. 지금 많이 좋아지긴 했지만…….”

“결벽증이요? 그거, 무지 피곤한 건데…….”

"네. 맞아요. ……그게…… 고등학교 때 피크였는데 정말 힘들었어요."

"어땠는데요, 구체적으로……."

"그러니까…… 칫솔은 매번 새것으로 바꿔 써야 했고 샤워 후엔 생수로 헹궈야 했고 학교 가서는 아침마다 소독용 알코올로 책걸상 닦고……."

"흐음……."

"……밖에서 입던 옷은 무조건 방에 들어가기 전에 세탁기에 넣었어요. 그리고 샤워를 한 후에야 방에 들어갔구요. 그렇게 방에 들어가면 거실로도 잘 안 나왔어요. 거실도 내 겐 세균들이 득실거리는 공간으로 보였으니까. 그리고 제일 큰 문제는 책이었죠. 공부를 하긴 해야겠는데 불결한 책을, 깨끗하게 소독된 내 방으로 들일 수가 없어서…… 결국은 독서실에서 공부할 거 대충 다 하고 집에선 서점에서 사온 깨끗한 문제지를 썼어요."

"꽤 심했네……."

"후훗. 그렇죠? 그때에 비하면 요즘은 양반이죠 뭐."

"근데, 어떻게 좋아진 거예요?"

"그게요. 어느 날 집에서 강아지 한 마리를 키우게 됐거든 요. 엄마 친구 부탁으로. 얼마나 귀여웠는지……."

"……?"

"하루는 강아지랑 한참을 같이 놀다가 샤워까지 하고 방에 들어갔는데 그 녀석이 계속 방문을 긁어대는 거예요. 발톱 아픈 줄도 모르고…… 도저히 모른 척할 수가 없더라구요. 할 수 없이 그 녀석을 씻겨서 방 안으로 들였고 결국 침대 위까지 올렸죠 뭐."

"크흐흐흐. 그러니까 그 녀석이 모란 씨 방을 드나들게 되면서 서서히 문턱 경계가 모호해지기 시작했다, 그거죠?"

"네. 그 조그만, 어린 녀석을 하루가 멀게 씻기고 말리고 할 수는 없는 노릇이었으니까요. 후훗."

언뜻…… 눈처럼 하얀 털을 늘어뜨리고 있던, 그 귀여웠던 녀석이 아른거린다.

어느새 비도 그쳤다.

"어? 벌써 시간이 이렇게 됐네요. 모란 씨, 배 안 고파요? 비 오는 날엔 콩나물국밥이 최곤데. 같이 가요, 우리."

✳

얼큰한 콩나물국밥을 함께 먹고는, 영화나 한 편 보자는 그에게 도리질을 하며 헤어졌다. 그리고 집으로 향했다. 선

일 씨한테서 전화 올 시간이 됐기에, 늦게까지 밖에 있다 그
러면 걱정할까봐.

✳

아파트 입구.
……갑자기 ……집에 들어가기가 싫다.
차를 돌렸다. 그리고 친정으로 방향을 틀었다.

✳

거실 소파에 앉아 잠시 창밖을 내다보고 있는데 엄마가
날 부른다.
"모란아."
"응? 깜짝이야. ……놀랐잖아."
"젊은 애가 왜 그리 넋을 놓고 있어?"
"내가 언제."
엄마가 걱정스러운 목소리로 넌지시 물어왔다.
"무슨 일 있어?"
나는 활짝 웃으며 밝은 목소리로 대답했다.
"응? 무슨 일? ……왜?"

“아니 그냥…… 네 표정이 좀 그래서…….”

“내가 날씨를 좀 타잖아.”

“그런 거면 다행이고. 참, 내달부터 다시 일하기로 했다며?”

“응. 집에 있자니 심심하기도 하고 갑갑해서.”

“전업주부 하고 싶다 그럴 때는 언제고 벌써 마음이 바뀐 거야?”

“헤헤헤.”

“후훗. ……그래. 하긴, 바람 좀 쐬면서 사는 게 좋긴 하지.”

“그건 그렇고, 모란아. 강 서방 올 때까지 여기서 지내라. 뭐 하러 빈집 지키고 앉아 있어?”

“……응. ……안 그래도 그럴려구…….”

*

선일 씨에게 전화했다.

“선일 씨. 나 지금 엄마 집에 와 있어.”

“그래? 잘했네. 진작 그러래두.”

시모에게 전화했다.

"어머님. 저, 여기 친정인데…… 선일 씨 올 때까지 여기 좀 있으려구요."

"그러든지 말든지."

✳

드디어 내일이면 선일 씨가 돌아온다.

집에 들어섰다.

……!!

이게, 무슨…….

현관 화분에 피어 있던 호접란 꽃대가 다 잘려 있다.

바닥에 떨어져 있는 꽃을 잠시 멍하니 내려다보다, 신발을 벗어던지고 뛰다시피 거실에 들어섰다. 그리고 TV 옆이랑 베란다부터 살폈다.

아니나 다를까…… 꽃이란 꽃은 다 꺾여 있다.

테이블에 엑스 자로 벌어져 놓여 있는 가위.

언뜻 섬칫함을 느꼈다. 소름이 돋는다(얼핏 〈올가미〉라는 영화가 떠올랐다).

식탁 의자에 한참을 앉아 있었다.

그리고 일어났다.

얼음버켓에 물을 가득 받아서 잘린 꽃가지들을 하나씩 주워 담그는데,

……그만 울음이 터졌다.

선일 씨의 전화.

공항이란다.

"모란 씨. 심심했지?"

"심심하긴. 얼마나 다사다난했는데."

그간 출장지에서 하루에 한두 번씩 연락이 있었지만 늘 별일 없는 듯 통화했었다. 근데 오늘은 왠지 그게 안 된다. 나오는 말들이 내 귀에도 꽤나 퉁명스레 들린다. 꽃대를 잘린 화분들이 여기저기 눈에 띄는 까닭인지도 모르겠다.

"응? 뭐라구?"

"아니야, 아무것도. 그나저나 선일 씨 많이 피곤하겠다."

"괜찮아. 회사 잠깐만 들렀다 금방 갈게. 좀만 기다려."

"그래, 알았어."

"모란 씨."

"응?"

“사랑해.”

쌀 씻기도 싫다. 그냥 TV에 눈을 꽂고 앉아 있었다.

❋

삐리삐삐.
그가 집에 들어섰다.
그는, 그를 보고 뒤늦게 일어서는 내게 달려들어 호흡에
지장이 있을 만큼 꽉 끌어안았다.
“얼마나 보고 싶었는지 몰라.”
나는 약간 건성으로 대답했다.
“응. 나두.”

그는 가방을 열어 초콜릿이랑 향수랑 스와로브스키의 장
미를 내 앞에 늘어놓았다. 나도 모르게 입술이 양쪽으로 말
려 올라간다. 역시 여자는 선물에 약하다.

“근데, 선일 씨. 우리, 저녁 나가서 먹자. 오늘따라 칼국수
가 먹고 싶네.”
“칼국수? 조오치!”

역시 남자는 둔하다. 그는 집을 나서는 그 순간까지 화분들의 변화며 액자나 스탠드의 행방을 궁금해하지 않았다.

✳

바지락칼국수 집.

그가 날 물끄러미 쳐다보더니 말했다.
"모란 씨. 어디 아팠어? 그새 얼굴이 쏙 빠졌네."
"아냐. 그런 거.⋯⋯사실은 공항에 마중 나가고 싶었는데⋯⋯."
"마중은 무슨. 안 그래도 미안해 죽겠구만."
"뭐가."
그는 내 눈을 빤히 쳐다보며 씩 웃었다.
"신혼에 독수공방시키고 서울 도착해서도 회사 먼저 들러서⋯⋯."

✳

"선일 씨. 우리, 한잔 하자."
"그럴까? 오케이."

118

생맥주 전문점으로 왔다.

소복이 떠 있는 하얀 거품을 입술 가득 묻히며 꼴딱꼴딱,
거의 원샷을 하려는데 선일 씨가 방해를 한다.
"어, 모란 씨, 잠깐 잠깐."
그는 내 손에 들려 있던 무거운 맥주잔을 뺏으며 잔소리
를 했다.
"왜 이래, 술도 잘 못하면서. 어디 쓰러질 일 있어?"

목이 간질간질하고 혀가 꿈틀거린다. 입술을 조심스레 움
직였다.
"저기. 선일 씨. ……사실은 ……나, 어머님 땜에 너무 힘
들어."
"……?"
"거의 매일 오셔서는 뭐라도 하나 깨고 가셔. 어젠 화분
꽃대를 다 잘라놓으셨고."
"뭐?"
그의 얼굴이 석고처럼 굳어졌다.

오전 열한 시. 전화벨이 울렸다.

"새애기 너, 이리 좀 와라!"

다짜고짜 한마디 팍 던져놓고 끊어버리는 시모.

선일 씨가 몇 마디 했음에 틀림없다.

시댁으로 갔다. 가슴 가득 공기를 채우고 들어섰다.

시모는 내가 들어서자마자 날카롭게 소리 지르며 쿠션 두어 개를 현관으로 던졌다.

그래도 여기선 안 깨지는 걸로 던지네…….

아무튼 처음엔 '이런 여자'로 안 봤는데, 정말 기품 있게 봤는데, 갈수록 싼티를 풍긴다.

"너, 어디서 이간질이냐. 네 엄마한테 그렇게 배웠어? 시어미하고 남편 이간질 놓으라고? 막돼먹은 것 같으니라고……."

도우미 아줌마까지 시모 옆에 붙어 앉아 염장을 지른다.

"결혼식 그딴 식으로 할 때부터 내가 그랬잖아요. 보통 기집애가 아닐 거라고."

나도 욱했다. 내 성격에 그만큼 참았으면 상당히 많이 참

120

은 거다.

"저기, 어머님. 전 이간질한 적 없어요. 그냥 그동안 있었던 일, 선일 씨한테 그대로 얘기했을 뿐인 걸요."

"……뭐?"

"제발 앞으론 그러시지 마세요. 어머님 이미지에 맞게 행동하셨으면 좋겠네요. 그리고 한 번씩 저희 친정어머니 들먹이시는 것도 상당히 듣기 불편해요."

"뭐, 뭐야?"

시모는 혈압이 오르는 듯 고개를 뒤로 젖혔다.

"에그 에그. 사모님, 그냥 그만하셔. 사람 기 채우는 게 아주 장난이 아니구만……."

아줌마는 시모 들으라는 듯 날 보며 소리를 높였다.

"새댁. 그러는 게 아니야. 어디 눈 똑바로 뜨고 시어머님한테 대꾸질이야, 이러는 법이 세상에 어디 있대?"

나도 지지 않았다.

"아주머니는 나서지 마세요. 아주머니 집안일이나 신경 쓰시라구요."

나는 현관에 뒹구는 쿠션을 마루 한쪽으로 치워놓고 도망치듯 시댁을 나왔다.

후유…….

묵었던 체증이 가시는 듯하다.

＊

시원한 건지 꿀꿀한 건지 알 수 없는 기분.

그러고 보니 오늘 수요일. 시계를 보니 열두 시 사십 분.
집으로 향하던 차를 세우고 문현준에게 연락을 했다.
"문 선생님, 오늘 쉬는 날 맞죠? 점심 드셨어요?"
"아뇨. 왜, 같이 먹을까요?"
"네. 제가 살게요."
"ㅎㅎㅎ. 알았어요. 어디서 보죠?"

＊

그와 점심을 함께 먹었다. 그리고 엔젤리너스로 자리를
옮겼다.

"근데 모란 씨. 뭐 하나 물어봐도 될까나요?"
"네."

"무슨 걱정 있죠? 잘 웃지도 않고."

"……."

"왜 그래요? 말해 봐요."

꿈 핑계를 댔다.

"요즘 잠을 좀 설쳐서. 꿈도 안 좋고."

"악몽이요? 어떤 꿈인데요?"

나는 입에서 나오는 대로 말했다.

"그게…… 떨어지는 꿈이요. 낭떠러지 같은 데서."

그는 내 말을 듣더니 은근한 눈빛으로 스멀스멀 웃었다.

"결혼까지 하신 분이 어째 그런 꿈을 꾸시나?"

"네?"

"떨어지는 꿈, 그거, 성욕을 느낄 때 꾸는 꿈이라잖아요."

"……뭐, 라구요?"

"크크크크……."

쩝. 괜한 얘길 꺼냈나 보다.

"흠흠, 암튼 자다 깨면 도통 다시 잠들 수가 없어서……."

그는 또다시 은근한 눈빛을 흘렸다.

"으흐흐…… 그럼 옆에 있는 남편 깨우면 되겠구만 뭐."

"아이 참, 자꾸 그러실 거예요?"

"어, 미안, 미안해요. 허허허."

"……."

"그래도, 잠들었을 때 꾸는 악몽은 괜찮지 않아요? 잠들지 않고 꾸는 악몽에 비하면……."

언뜻 시모가 떠올랐다.

"……하긴 ……그러네요."

시모 흉이며 지난 열흘간 있었던 일들을 속 시원히 풀어버리고 싶은 마음도 간절했지만 관뒀다. ……그도 남자다. 그것도 두 번씩이나 결혼했었던. 이곳이 한국 사회임을 감안하면 그의 지나간 와이프들 또한 크건 작건 시댁식구들과의 갈등이 있었을 것이며 그가 그 갈등의 완충 역할을 했을 것이다. 그래, 아무래도 이런 구질구질한 얘기를 하는 건 좀 그렇다.

✳

남은 주스만 마저 마시고 그와 헤어졌다. 그리고 집으로 와서 소파에 몸을 던졌다.

토해내고 싶었던 말들을 그대로 고스란히 안고 오긴 했지만, 그래도 그를 만나 이런저런 수다로 그나마 약간은 감정 조절에 도움이 된 듯하다.

✳

나는 소파에서 일어나 옷을 갈아입었다. 그리고 내 남편, 선일 씨를 위해 쌀을 씻기 시작했다.

참.

까맣게 잊고 있었다.

'최소한 서른 시간에 한 번'

내키지 않는 전화를 했다.

받지 않는다.

아직 화가 덜 풀렸나?

하긴 그날 내가 꽤 싸가지 없이 굴긴 했다.

오후 늦게 다시 전화를 했다.

여전히 받지 않는다.

내일 다시 해보지 뭐.

어제 읽던 요리책을 다시 펼치는데……

선일 씨로부터 전화가 왔다.

"모란 씨. 엄마가 입원했대. 준비하고 있어, 같이 가게."

“······알았어.”

갑자기 내가 무슨 큰 잘못이라도 한 듯한 느낌이다.

✳

“엄마, 왜 이래. 어디가 아픈데?”
도우미 아줌마가 대신 답했다.
“쓰러지셨어요. 원래 혈압이 좀 높으시잖아. 일전에 새댁
이 와서 어찌나 사람 환장할 말들을 하던지······ 쯧쯧······.”
선일 씨가 언뜻 나를 쳐다본다. 나는 반사적으로 강렬한
부정의 눈빛을 보였다.
창가에 시선을 꽂고 있던 시모가 말했다.
“넌 이 애미가 죽든 말든 상관없지? 내가 병원 들어온 게
언젠데 이제서······ 그것도 아줌마 연락받고 쪼르르 달려와
서는······.”

선일 씨와 난 담당의를 찾아가 이것저것 물었다.
걱정할 건 아니란다. 딱히 입원해 있을 필요도 없단다.

“엄마. 이러지 마. 마음 좀 누그러뜨리고······ 집에 가자.”

시모가 소리쳤다.

"병신 같은 놈, 어쩌자고, 어디서 저런 너구리를 집에 들여서는…… 나가라, 나가버려."

……너구리? 여우도 아니고 너구리? 내 참, 거 묘하게 기분 상하네.

✲

병실을 나왔다.

"모란 씨. 너무 신경 쓰지 마. 좀 있으면 가라앉으실 거야."

"그래. 신경 안 써."

"왜 그래, 화났어?"

"아니. 그냥 좀 피곤해."

✲

그래도 며느리 된 입장인지라 병원에 매일 찾아갔다.

처음엔 죽일 듯이 눈을 부릅뜨고 소리를 내지르더니 하루 이틀 지나면서 그래도 꽤나 많이 가라앉았다.

전복죽, 호박죽, 깨죽……. 시모가 좋아하는 죽을 종류별로 날랐다. 오늘은 동지팥죽.

내 손에 들린 죽집 봉투를 보더니 미간을 있는 대로 찌푸리며 짜증을 내는 시모.

"뭐야, 오늘도 죽이냐?"

"네. 팥죽이요."

"잘한다, 잘해. 맛없는 병원밥 먹고 있는 시애미한테 딸랑 죽 한 그릇씩만 사다 나르고……."

"어머님, 죽 좋아하시잖아요."

"좋아해도 어느 정도지. 이젠 니 덕에 아주 질린다, 질려. 뭐 좀 신경 써서 준비하지는 못할망정, 어째……. 니가 그러고도 우리 집안 외동며느리 될 자격이 있냐? 어디 한번 생각해 봐라. 예전 같으면 소박을 맞아도 열댓 번은 더 맞았지."

치잇. ……빤한 꾀병에 사식 투정은…….

"뭐 드시고 싶은 거라도 있으세요?"

"스시 좀 사와라. 광어로. 아줌마랑 같이 먹게 2인분."

❋

나는 일식집에서 광어회초밥이랑 특초밥을 1인분씩 사들고 나왔다.

그리고 서비스로 받아온 튀김을 날름날름 집어먹으며 그
녀가 기다리는 병원으로 향했다.

❋

사식을 들여다 주고 병원에서 나오는 길,
거만한 표정의 두 여인에게 도시락을 갖다 바치고 나오는
길…….

상당히 심기가 불편하다.

❋

차에 오르자마자 문현준에게 연락했다.

그러고 보니……
요즘 내가 문현준이란 사람을 꽤 찾고 있다. 문득 그가 내
게 어떤 존재인지 궁금해졌다.

……친구?
글쎄다. 다른 친구들은 다 놔두고 왜 하필 꾸역꾸역 그를

찾고 있는지. 아직 '절친'이라는 단어가 어울리는 관계도 아닌데.

……그렇다면 남자?

아니다. 내가 좋아할 타입은 절대로. 게다가 나는 유부녀이지 않은가.

……아, 그래, 그렇다.

맘 좋은 사촌오빠 같은 느낌, 바로 그거…….

✳

문현준, 그와 함께 킹크랩을 두들기고 이런저런 수다를 떨어가며 스트레스 해소 겸 식사를 하고 있는데 선일 씨에게서 전화가 왔다.

생각보다 일이 빨리 끝났단다. 저녁 약속 있다더니.

"모란 씨. 우리, 샤브샤브나 먹을까?"

✳

나는 선일 씨와 또 한 번의 저녁을 먹었다.

회사에 복귀했다.

며칠째 영 컨디션이 안 좋다. 식욕도 없고 입이 쓰다.
오늘은 허리까지 아프다.

조퇴를 했다.

집에 들어섰다.
못 보던 구두가 하나 놓여 있다.
……시모가 와 있나?
그런데…… 거실에도 부엌에도 안 보인다. 화장실인가,
아니다. 욕실도 아니다. 이방 저방 들여다봐도 없다. 고개를 갸웃거리며 침실 문을 열었다.

"악!"

나는 소스라쳤다.

두 눈을 끔뻑했다가 다시 크게 떴다.

시모가 침대에 누워 있었다. 바닥엔 내 속옷들이 뒹굴고 시모의 몸에도 내 속옷이 걸쳐져 있다.

인기척에 잠을 깬 시모가 벌떡 일어나 앉았다.

"어머님, 이게……."

시모는 아주 잠깐 당황하는 듯하더니 이내 아무런 거리낌 없이 태연스레 일어나, 입고 있던 내 속옷을 벗어던지고 자기 옷을 주워 입었다.

그러면서 크게 중얼거렸다.

"도대체 이렇게 조이는 걸 어떻게 입고 다닌대? 숨도 제대로 못 쉬겠구만."

그녀는 주섬주섬 옷을 챙겨 입고는 서둘러 자리를 떴다.

나는 내 속옷들이 널브러져 꽃밭이 되어버린 방바닥에 털썩 주저앉았다.

이건…… 뭐랄까…….

화가 난다기보다는, 불결한…… 그래, 불쾌하단 말이 어울리겠다. 미칠 듯한 불쾌감…….

속옷들을 하나 둘 주웠다. 생각 같아서는 전부 쓰레기통에 쑤셔 넣고 싶었지만 선일 씨가 심심하면 두어 벌씩 장난삼아 빙긋빙긋 사들고 온 것이 태반이었기에 차마 버리지는 못하고 세탁기에 던져 넣었다. 그리고 세제를 듬뿍 넣어 돌렸다.

그러고 보니 그동안에도 이상했었다. 왠지 내가 해놓은 대로 되어 있지 않은 것들이 많았다. 하지만 나는 그저 선일 씨 손이 닿았으려니 하고 지나쳤다. 심지어 내가 면봉으로 찍어 쓰는 아이크림에 손가락 자국이 푹 나 있는 것조차도 선일 씨가 장난삼아 한번 발라 봤으려니 했다. 그런데…….

숨어 있던 결벽증이 발동했다.

찜찜하기 짝이 없는 이불보며 베개보, 침대시트를 쓰레기봉투에 쑤셔 넣었다. 그리고 여벌로 갈아 끼우고 있는데 전화기가 요동쳤다. 시모였다.

‘어머님’이란 소리가 안 나온다.

“여보세요.”

“뭐? 여보세요? 여보세요라니, 어른 전화를 어째 그렇게 받아.”

“……”

“그나저나, 아무래도 말해둬야 할 것 같아서 전화했다. 철학관에서 그러더구나. 그렇게 해야 니들한테 영리하고 튼실한 애가 생긴다고. 그러니 그렇게 알아라.”

나는 아무 대답도 하지 않았다.

잠깐 내 대답을 기다리는 듯하던 시모는 더 이상 할 말이 없는 듯 그냥 전화를 끊었다.

그게 사실이라면 절대 그렇게 후다닥 사라졌을 리가 없다. 분명 침대에 도도히 걸터앉아 이러니저러니 생색을 늘어놓았을 인격 아닌가.

＊

선일 씨에겐 아무 말도 하지 않았다.

그의 잘못도 아닌데 그가 미안해하도록 만들고 싶지 않았고, 또 지난번처럼 시모로부터 이간질이 어쩌고 하는 말들을 듣고 싶지도 않았다. 그리고…… 무엇보다도…… 입에 올리기가 싫었다.

※

“모란 씨. 그만 자자.”

“아니. 해야 할 일이 좀 있어서. 선일 씨 먼저 자.”

“싫어. 기다릴게.”

“그러지 마. 좀 늦어질 것 같으니까…….”

“요즘 너무 무리하는 거 아냐?”

“괜찮아. 신경 쓰지 말고 어서 자.”

“……알았어, 그럼. 모란 씨도 되도록 빨리 자.”

이런저런 핑계로 그를 거부하고 있다.

그와 잠자리를 가지기 싫다.

한마디로 섹스가 내키지 않는다.

침대에, 선일 씨와 나 사이에, 시모가 함께 누워 있는 듯한
기분을 떨칠 수가 없다. ……미칠 것만 같다.

※

은화선배를 만났다.

“야, 백모란. 너, 얼굴 보기 정말 힘들다. 어떻게 지내?”

“그냥 그럭저럭…….”

136

"다이어트하니?"

"아니."

"근데 왜 그리 빠졌어, 어디 아파?"

"그게······."

시모 얘기를 했다.

"어머, 어머, 어머머, 무슨 그런······ 내 참. 모란이 너, 옛날 성깔 다 어디 갔어?"

"······."

"이 바보야. 너도 똑같이 해. 던지면 너도 던지고, 깨면 너도 깨고, 침대에 누우면······ 하긴 그건 좀 그렇겠다. 어쨌거나 괜히 착한 척하지 말고······."

"후훗. 선배도 참."

다 털어놓고 나니 가슴이 다 후련해지는 듯했다.

"어머, 애가 지금 웃어? ······그래, 피할 수 없으면 즐기라는 말도 있지. 그치만 너, 대충 즐기다가는 점점 더 힘들어진다. 확실하게 즐길 재주 없으면 아예 처음부터 잘라. 나중에 울지 말고."

"어떻게?"

"일단 도어록 비밀번호부터 바꿔보라구."

아, 맞다.

그러면 되겠다.

내가 왜 그 생각을 못했지?

콜라 한 모금을 삼키며 선배가 장난스레 말했다.

"하핫. 역시 하늘은 공평하시네."

"뭐가."

"솔직히 너, 복이 넘치잖아."

"무슨 말이야?"

"좋은 부모님에, 남편에, 재복에, 생긴 꼬라지까지, 뭐 암튼 여러 가지로……. 그 정도 고민거리라도 없으면 사는 게 너무 싱겁지 않을까? 하하핫."

"놀리지 마. 나름 심각하구만."

✻

집에 들어서는 길로 도어록 번호부터 바꿨다.

그리고 그에게 문자를 넣었다.

— 선일 씨. 도어록 번호 바꿨어. '0507' 우리 결혼기념일이야.

─ 알았어. 번호 좋으네.

✳

침대에 누웠다.
……마치……
아직도 매트에 시모의 체온이 남아 있는 것만 같다. 오늘 따라 더.

몸살기가 있는 척 이불 푹 덮어쓰고 누웠다가 그가 잠든 후 거실로 나와 앉았다.

요즘은 그의 웃음이 싫다. 웃을 때 아주 살짝 들어가는 보조개가 시모와 퍽이나 많이 닮았다. 그의 웃음을 마주할 때마다 나도 모르게 고개를 돌린다.

내가 그토록 좋아했던 그 환한 웃음…….

✳

시모는 새로이 바뀐 번호를 다시 물어오지 않고 있다.

가까이 그리고 멀리　139

백화점 생활코너. 이불이며 베개, 시트랑 커버까지 일괄 구매하고 가구코너로 왔다. 일단 매트를 고르고 잠깐 고민에 고민을 거듭하다 결국 침대까지 찍었다. 그리고 카드를 긁었다.

누군가 혹시 이런 내 행동을 소비적이라 폄하한대도 할 수 없다. 내 숙면을, 원만한 부부생활을 위한 피할 수 없는 선택이니까.

✳

침대가 왔다. 있던 침대는 후련하게 내보냈다.

✳

저녁, 고개를 갸웃하는 선일 씨에겐 그저 불편했었노라 일축했다.

요즈음…… 외동며느리의 의무로 매일 전화는 한다.

전화를 할 때마다 시모는 극과 극의 반응을 보인다. 꽤나 상냥하게 받는가 하면 퉁명스럽기 짝이 없게 탁 끊어버린다. 옆에 누가 있고 없음의 차이일 것이다.

그런 거야 뭐, 이젠 익숙해진 스트레스다. 다만 딱히 할 말도 없는데 매번 전화해서 똑같은 말을 되풀이하는 게 참으로 머쓱할 뿐이다.

＊

선일 씨는 또 출장이다.

어슴푸레 해가 넘어간다. 그냥 집에 있는 것도 갑갑하고 해서 영화나 한 편 볼까 하고 나왔다. 근데 막상 영화관에 와보니 누군가가 절실히 필요하다. 몇몇 친구들이며 선후배에게 연락해봤지만 내게 두어 시간 적선해줄 존재는 아무도 없었다.

영화를 포기하고 집으로 가려다가 문득(또) 문현준이 생각났다(사실은 아까부터, 처음부터 연락해보고 싶었던 대상이었는지도 모르겠다). 어느새 단축번호 8로 야무지게 입력되어 있는 그의 번호를 꾸욱 눌렀다.

*

"많이 기다렸죠?"
"아뇨. ……뭐 한잔 드실래요?"
"그러죠. 모란 씨는 뭐? 팝콘은요? 참, 표는 샀어요?"

콜라 두 개랑 커다란 캐러멜팝콘 한 박스를 사서 상영관으로 들어갔다. 아직 상영 전이라 내부가 꽤 밝다. 아는 사람이라도 볼까 은근히 신경이 쓰였다. 살짝 고개를 숙인 채 휴대폰을 만지작거리고 있는데 옆자리 문현준도 자꾸만 꼼지락거린다. 그는 주머니에 손을 넣어 이리저리 휘젓는가 싶더니 주먹 속에 뭔가를 숨기며 꺼냈다. 그리고 피실피실 웃으며 내 손목을 잡아끌어다가 손바닥 위에서 자신의 두터운 주먹을 살포시 폈다.

"저기…… 이거."

뭔가 했더니, 구겨진 장미 꽃잎 석 장이다.

"이거, 뭐예요?"

"몰라요? 에이, 알면서."

"아니, 그러니까, 무슨 뜻이냐구요."

"음…… 말하자면…… 유부녀한테 꽃송이 갖다 바치긴 좀 그렇고 해서리……."

"그래서 꽃잎 석 장?"

"뭐, 혹시라도, 왜 석 장인지 궁금해 한다면야, '알, 라, 븅' 의 석 자라고나 할까……."

장난기 바짝 어린 그의 능글대는 표정과 말투에 나는 목젖을 지나치던 콜라에 사레가 들어버렸다.

"켁켁."

그나저나 아무래도 선을 좀 그어야겠다.

"……암튼 문 선생님도 참. 이런 장난 자꾸 하시면 앞으론 같이 안 놀 거예요, 진짜."

선일 씨가 넥타이를 매면서 말했다.

"모란 씨. 이번 토요일이 생일이지?"

"아, 그런가? 날짜 가는 것도 잊고 있었네."

"우리, 어디 갈까?"

"응?"

"홍콩 어때."

"홍콩?"

"응. 거기 야시장이 정말 볼만하다던데. 아니면 따로 가고 싶은 데라도 있어?"

"아니. 딱히……."

*

목요일 저녁. 시모로부터 전화가 왔다.

"내일 좀 오너라. 열무김치 담그게."

"어머님. 저기, 저희 며칠…… 홍콩 좀 다녀와요."

"홍콩?"

"네."

"언제?"

"내일이요."

"그래? 안 그래도 조만간 가보려 했는데…… 잘 됐네. 같이 가자."

"네?"

"같이 가자구. 며칠 예정이니?"

"삼박사일……."

전화를 끊었다. 선일 씨가 묻는다.

"왜, 표정이 왜 그래?"

"……어머님, 같이 가시겠대."

"뭐?"

"한번 가보고 싶으셨나봐."

"내 참."

그도 안 내키는 표정을 짓긴 했지만 시모에게 재차 전화하지는 않았다. 아니, 만류는 고사하고 오히려 컴퓨터 앞에 앉아 비행기 좌석부터 알아보고 있다.

짜증이 솟구쳤다.

"선일 씨나 다녀와."

“응?”

“어머님 모시고 오붓하게 효자관광이나 다녀오라구.”

“그런 말이 어딨어, 모란 씨 생일 여행인데.”

“됐어. 셋이서 가느니 혼자 남아 있는 편이 훨씬 행복해.”

✳

다음 날 아침, 그가 시모에게 전화를 했다. 갑자기 급한 일이 생겨 갈 수 없게 되었노라고.

나는 시댁으로 향했다. 열무김치 담그러…….

✳

저녁에 선일 씨가 시댁으로 왔다.

함께 서먹서먹 식사를 하고 거실 소파에 둘러앉아 TV를 본다.

시모가 서랍에서 손톱깎이를 꺼내며 선일 씨에게 말했다.

“손톱이 왜 이리 길어?”

그녀는 선일 씨의 손을 끌어 자신의 무릎 위로 놓았다.

“아냐, 엄마. 내가 할 거야.”

날 의식한 듯 그가 재빨리 손을 뺐다. 그리고 한 마디 덧붙였다.

“색시가 마마보이라고 흉보면 어쩌게.”

시모는 살짝 민망한 표정을 짓더니 탁자 위로 손톱깎이를 던지듯 툭 내려놓았다.

“그럼 새아기 니가 알아서 해줘라. 손발톱 깎는 게 세상에서 제일 귀찮다는 녀석이니까.”

잠시 후,

과일을 깎고 있는 나를 부드러이 부르는 시모.

“어, 새아가.”

“네?”

그녀는 내 머리 위쪽으로 시선을 고정시킨 채 싱긋 물어왔다.

“너, 염색 안 할 거니?”

“염…색이요?”

“몰랐어? 오늘 보니 흰머리가 꽤 보인다. 너도 별수 없구나. ……내가 좀 뽑아주랴?”

“아, 아뇨, 괜찮아요.”

이건 어디까지나 스트레스성 새치일 것이다. 분명 요 몇 달 새 생긴 것이리라. 흐뭇한 듯 미소까지 머금고 있는, 내 새치 탄생의 일등공신에게 나는 딱딱하고 싸가지 없게 쏘아붙였다.

"어머님도 참. 이건 흰머리라기보다 어디까지나 새치죠. 어머님 것하곤 차원이 다른 거예요."

그녀도 지지 않았다. 애써 태연한 척하고 있는 내 심기를 또다시 건드린다.

"근데, 그게…… 그냥 조금이 아냐, 머리꼭지에서 뒤통수 쪽으로 드러나 보이는 것만도 줄잡아 대여섯은 되겠는데?"

"그래요? ……요즘 희끗희끗 브릿지 넣고 다니는 사람도 많던데 졸지에 돈 안 들이고 멋 부리게 생겼네요."

억지로 웃고는 있지만 머리꼭지가 간질간질한 게 아주 미치겠다.

도대체 조물주는 무슨 심술로 세월이란 것에 이토록 힘을 실어준 걸까. 사람이 무슨, 찌그러져야 제맛이 나는 양은냄비나 주전자도 아니고…….

시모는 다시 날 공격해왔다. 아까 내가 했던 말이 은근히, 아니, 상당히 기분에 거슬렸나보다.

"그럼, 네 새치가 흰머리로 바뀌는 기준점은 뭘 것 같니."

"기준점이요? 그야 나이죠. 그리고……."

TV에 눈을 꽂고 있던 선일 씨가, 얼버무리는 내 말허리를 끊으며 무승부를 선언했다.

"그러고 보니 나 어릴 때 엄마 흰머리 참 많이도 뽑았다, 그치? ……그리고 모란 씨. 나도 요즘 하얀 털 하나씩 보이던데 새치 박멸 작전에 오늘부터 우리 상부상조하자, 응?"

집으로 돌아왔다.

허겁지겁 방에 들어가 손거울 하나 집어 들고 냅다 욕실로 직행했다.

"모란 씨, 왜 그래? ……왜, 배탈이라도 난 거야?"

그의 말에 대답할 여유 따윈 없다.

거울 앞에 섰다. 머리꼭지며 뒤통수를 요리조리 비춰 본다. ……진짜로 있다. 아니, 꽤 많다.

하나, 둘, …열, ……이리저리 머리카락을 들춰가며 흰머리, 아니 새치를 전투적으로 뽑아나갔다.

참으로 알 수 없는 게 사람 심리다. 한참을 그러고 있자니, 나도 모르는 새 은색으로 변해 있는 내 머리카락 한 올 한 올에 대한 아쉬움보다는 찾아서 하나씩 뽑아나가는 쾌감이 더 크게 다가오는 것 같다. 우스운 노릇이다. 없으면 좋을 새치를 찾아내면서 다 늦은 나이에 숨바꼭질의 묘미를 즐기고 있다니.

갑자기 눈앞이 뱅글뱅글 돈다. 아니, 이놈의 새치들이 하필 왜 꼭지 뒤로 자리를 잡아서는.

일단 대충 뽑긴 했는데, 한두 번 뽑는다고 안 올라올 녀석들도 아니고, 이거 진짜 염색을 해야 하나…….

우울하기 짝이 없다.

✳

토요일, 오늘은 내 생일.

선일 씨가 욕실에 들어간 사이, 문현준에게서 문자가 들어왔다.

—생일 축하해요. 다음 주에 점심이라도 같이 하죠.

언제 내 차트에서 생일까지 체크해뒀었나 보다. 암튼 그 마음 씀이 가상하고 기분 좋다.

＊

느지막한 아침식사. 콘플레이크에 과일을 곁들여 먹고 있는데 엄마에게서 전화가 왔다.

"모란아. 낮에 강 서방이랑 이리로 와. 점심 같이 먹게."

＊

친정.

엄마가 차려준, 내가 좋아하는 음식들이 잔뜩 놓인 생일상을 받았다.

선일 씨는 아빠와 바둑을 두고 있다. 엄마와 난 식탁에 앉아 이런저런 얘기를 했다.

……

"근데 모란아."

"응."

“지난번에도 물었다만, 혹시 무슨 걱정거리라도 있니?”

“아니. 왜?”

“그냥…… 낯빛이 좀 어두워 보여서.”

반대하는 결혼을 억지로 해버린 내 자존심 때문에 그리고 부모님 걱정시키기 싫은 일말의 효심 때문에 행복하기 짝이 없는 척 지금껏 암말 않고 지내왔었다. 하지만 엊그제 일은 입이 가려워 견딜 수가 없다. 엄마 아빠가 그리 걱정할 정도의 사건도 아니다. 나는 말을 꺼냈다.

“엄마. 있잖아.”

“응.”

“사실은 선일 씨랑 홍콩 가려고 했거든. 내 생일 여행으로.”

“근데?”

“글쎄, 시어머니가 같이 따라가겠다고 나서지 뭐야. 그 바람에 관뒀어.”

“왜, 그냥 가족여행이라 생각하고 기분 좋게 다녀오지. ……혹시 너, 시어머니랑 안 좋으니?”

“아니. 꼭 그렇다기보다 둘이서 맘 편히 놀 수가 없잖아.”

“니 말도 대충 이해가 된다만 가능하면 혼자 사는 시어머니 서운하지 않게 행동해라. ……그리고…… 솔직히 네 아

버지도 나도 니들이랑 한 번씩 여행이나 다녔으면 했는데,
니들이 내키지 않아 할 것 같으니 어째 서운하구나."

시모 흉 좀 보려고 꺼냈던 말이 다른 쪽으로 튀었다.

어쩔 수 없다. 자존심을 살짝 놓아버렸다.

"아니야, 엄마. 엄마 아빠 다르지. 시어머니는 내가 싫어
하고 기피할 수밖에 없는 이유가 있어."

"……무슨?"

"아이, 몰라. 떠올리기도 싫어."

"역시 뭔 일이 있긴 있나 보구나."

"신경 쓰지 마. 다 지난 일이니까."

엄마의 걱정스런 눈빛 앞에서 나는 언제나처럼 아주 화알
짝 밝은 미소를 만들어 보였다.

*

선일 씨가 미리 예약해 놓은 분위기 좋은 레스토랑에서
저녁을 먹었다. 식사가 끝나고 후식이 놓이자 기다렸다는
듯이 그가 금색 봉투 하나를 내밀었다.

열어보니 백화점 상품권……!

기가 찬다. 밉다밉다 하니, 이젠 아주…….

와이프 생일날에 카드 긁으라 하는 남자들이 있다더니,

그래서 무지하게 싸가지 없는 놈들이라 생각했었는데, 이 남자도 별다를 바 없지 않은가. 그것도 결혼 일 년차에…….

나는 용수철처럼 자리에서 튀어 올랐다. 그리고 밖으로 나왔다.

허둥대며 계산을 하고 그 황금빛 봉투를 손에 쥔 채 뒤따라 나온 그가 황당한 듯 물어왔다.

"모란 씨, 왜 그래."

"상품권이 선물이야? 그런 게 선물이 되는 거야?"

"아니…… 맘에 드는 거 사라고…….'"

"그거 없어도 맘에 드는 건 얼마든지 사. 선물이란 정성이, 마음이 깃들어야지!"

"저기…… 그게…….'"

"그 사람이 뭘 좋아할까, 그 사람한테 어떤 게 어울릴까 생각하면서 고르는 게, 그게 선물 아냐?"

"그래도 정말 마음에 드는 걸 사려면…….'"

"그럼 차라리 백화점에 같이 가서 사주든가."

"아, 그러네. 그 생각을 미처 못 했네."

"쳇. ……결국, 발품 팔기 귀찮고 이것저것 고르는 수고에서 벗어나고 싶었던 거 아냐?"

"그런 건 아닌데…… 암튼 미안해. ……내일 사줄게."

"됐어! 내가 지금 물건 땜에 하는 말이야? 암튼 요즘 맘에
드는 게 하나도 없다니깐. 이혼하는 사람들 마음을 알 것도
같네. 이렇게 사람 비위 있는 대로 거슬려놓고 내일 물건 사
다 안겨주겠다고? 하늘의 달을 따다 준대도 안 반갑겠다!"

"……."

✳

일어나보니 선일 씨가 안 보인다.

일요일 아침, 평소라면 꿈나라에 가 있을 시간인데.

혹시 백화점에?

아직 문도 안 열었을 텐데……?

전화를 걸었다.

"선일 씨. 어디야?"

"저기…… 백화점 앞."

"누가 선물 사오래? 꼭지 눌러 절 받는 거 싫어. 그냥 들어
와."

"아니, 좀만 더 기다리면 돼. 열 시 반에 개점한다니까."

"도대체 몇 시에 나간 거야?"

"여덟 시 반 쯤. ……아홉 시면 문 열 줄 알았는데……."

드디어 그가 돌아왔다.

슬라이딩하듯 들어와서는 내 손에 조그만 케이스를 쥐어 준다.

"모란 씨, 여기. 어젠 미안했어."

생각 같아선 접수하고 싶지 않았지만, 일요일 아침, 그의 꿀맛 같은 단잠과 맞바꾼 선물이기에 받을 가치는 충분히 있을 듯했다.

열어보았다.

귀걸이.

안 받았으면 후회할 뻔했다. 상당히 마음에 든다.

그치만…….

완전히 웃어버리자니 그것도 좀 그렇다. 케이스를 장식한 조그만 드라이플라워에 괜한 트집을 잡았다.

"사람들 참 못됐어. 예쁘게 피어 있는 꽃을 잔인하게 꺾고, 그것도 모자라 거꾸로 매달아서는 목말라 시들어가게 만들고, 그렇게 죽어버린 생명을 장식용으로 쓰고……."

　　

　　월요일. 왠지 몸이 무거워 결근을 했다. 선일 씨 출근하는 것도 못 보고 비몽사몽 계속 누워 있다가 문자 소리에 눈을 떴다. 문현준이었다. 지나간 생일밥을 사겠단다.

　　한숨 더 자고,

　　한결 가벼워진 몸으로 기분 좋게 집을 나섰다. 트레이닝복을 입고 머리는 질끈 묶었다(이건 그를 남자로 보지 않는다는 내 의사표현이기도 하다).

　　

　　근데…… 어?

　　그도 트레이닝복 차림이다. 그것도 같은 메이커. 이거, 완전히 커플룩이 돼버렸다. 그는 내 옷차림을 보며 웃음을 터뜨렸다.

　　"우와! 모란 씨, 멋있는데요!"

　　"문 선생님이야말로 어째. 오늘 진료 쉬는 날 아니시잖아요? 옷차림이 그게……."

“히히. 그냥 이렇게 입고 나오는 날도 많아요, 편해서. 게다가 간호사들이 그러더라구요. 나한텐 이 컨셉이 제일 잘 어울린다고. 근데, 모란 씨는요?”

“아, 예. 저두요. 편한 게 좋아서.”

“우리, 의외로 닮았다, 그쵸? 크크크…….”

“……그야 뭐…….”

“그나저나, 어디로 갈까요.”

나는 아까부터 먹고 싶었던 것을 요구했다.

“수제비요. 오늘따라 그게 땅기는데.”

“그래요? 우하핫. 사실은 나도 분식 무지하게 좋아하는데. 알았어요. 내가 아주 맛있는 집으로 모시죠.”

✻

후식으로 수정과가 나왔다. 꽤나 재미있는 분식집이다.

“참, 깜박했네. 늦었지만 생일 축하해요.”

“고마워요.”

“저기, 이건 선물! 한땀 한땀 정성으로 만든 거.”

그는 주머니에서 조그만 퀼트 손지갑을 꺼냈다.

“어? 이거, 정말 직접 만드신 거예요?”

“속고만 사셨나?”

언뜻 지난번 애기가 떠올랐다.

“혹시, 정말, 진짜로 게이 아녜요? 무슨 남자가 퀼트를…….”

“히히히. 나, 원래 그런 거 좋아해요. 뜨개질, 십자수 같은 것도.”

나도 모르게 고개가 기울었다.

“아아…… 그…래……요?”

하여간 특이하고 재미있는 남자다.

“어, 벌써 시간이 이렇게 됐네요. 모란 씨, 회사 늦겠어요.”

“아뇨, 오늘 재꼈어요. 아침에 몸살기가 좀 있었거든요.”

“에이 참. 진작 애기하시지. 그것도 모르고 아까부터 시계를 몇 번이나 봤는지 알아요?”

“후훗. 그러셨어요? 미안, 미안해요. ……근데 문 선생님은요, 병원…….”

“실은 나도 오후 진료 재꼈어요. 오늘따라 어찌나 갑갑하던지 꾀병 부리고 빠져나왔죠 뭐. 크크.”

그는 시간에 쫓기던 마음이 여유를 되찾은 듯 잠깐 등받이에 몸을 기대더니 일어섰다.

“자, 우리, 자리 좀 옮길까요?”

밖으로 나와 차에 오르려는데 그가 날 뒤로 끌었다.
“우리, 십 분만 있다 가요.”
“네?”
“햇볕 좀 쬐자구요.”
“……?”
그는 두 눈을 감더니 머리꼭지 위에 있는 태양을 향해 얼굴을 바짝 들어올렸다. 그리고 말한다.
“나 따라 해봐요. 이렇게 두 팔을 한껏 펴고.”
아무리 선크림을 발랐다고는 해도 오늘 같이 청명한 날, 태양에 맞선다는 건 여자로서 할 짓이 못 된다.
“뭐 하시는 건데요? 갑자기.”
“이 시간, 태양이 아주 높이 떠서 그림자가 거의 사라지는 이 아름다운 시간…… 이 시린 빛을, 태양의 기를, 온몸으로 받아들이는 거죠. 내 건강 비법이에요.”
나도 따라 해보았다. 아주 잠깐.
이 담에 선크림 떡 지게 바르고 나와서 제대로 한번 해봐야지…….

※

그의 사촌누나가 경영한다는 카페로 와서 과일 한 접시를 앞에 두고 앉았다.

"……그나저나 모란 씨. 결혼생활…… 행복해요?"
그가 물어왔다.
"글쎄. 그런 것 같기도 하고……."
"그럼, 아닌 것 같기도 하고?"

그러고 보니 결혼하고 지난 몇 달간 한 번도 깊이 생각해 본 적이 없었다. 어쩐지…… 행복이란 단어와는 상당한 거리가 있었다는 생각이 머리를 스쳤다.

"두 번씩이나 그만둔 이혼 유단자의 입장에서 보면 결혼은 분명히 미친 짓이죠. 오다가다 좋은 사람 만나면 그냥 사귀고, 떨어져 있기 싫어지면 한동안 동거나 하고, 그러다 싫증나면 관두는 게 최고 아닐까 싶어요."
"동거나 결혼이나 뭐가 다르죠?"
"진짜 몰라서 묻는 거예요? 내 참. 천지 차죠. 동거는 결혼에 따르는 의무나 구속에서 자유롭잖아요. 헤어질 때도 서류 만들 필요 없어 간단하고…….”

그럴지도 모르겠다.

나도 결혼하지 않았다면…… 차라리 동거만 했더라면…… ‘시모’라는 부수적인 인연이 발생하지도 않았을 것이고 선일 씨랑 훨씬 더 즐거운 시간을 보낼 수 있었을지 모른다. 하지만…… 고지식한 아빠 엄마를 생각하면 그 또한 녹록한 일은 아니다.

“사실은요. 내가 한번은 외동딸이랑 엮여서 장인을 모시고 살아야 하는 상황이었거든요. 여자들 고부갈등, 난 그거 백 프로 이해해요. 그 어른이랑 지내면서 얼마나 불편하고 힘들었는지…… 내가 웬만하면 그냥 웃고 넘기는 성격인데, 그건 정말 장난이 아니더라구요. 하루이틀도 아니고 허구헌 날 외동딸 앗아간 산적놈 취급하고 적대감으로 일관하는데 정말 미칠 지경이었죠. 결국은 그 양반, 자기 딸 이혼하는 데 한 역할 톡톡히 했어요.”
“저도 외동딸이긴 하지만, 우리 아빠 안 그러시는데…….”
“아, 그게…… 그 어르신이 일찍이 상처하고 혼자서 딸을 키웠다더라구요. 그래서 더 그랬는지도 모르죠.”
“……근데, 고부…갈등은 없었나요?”

"우리 부모님, 두 분 다 멀리 계시니까. 형이랑 호주에서
생활하신 지 꽤 됐어요. ……참, 모란 씨는 고부관계 좋아
요? 남편이 외동아들이라면서."

"사실…… 좀 힘들긴 하죠."

어쩌면…… 한 번씩 이 남자에게…… 시모로부터 오는 스
트레스를 풀어놓아도 될지 모르겠다. 사실, 부모님은 물론
이고…… 선일 씨한텐 집안 시끄러워질까봐, 친구들한테는
수다거리가 될까봐 제대로 시모 흉을 볼 수가 없다. 우리 부
부를 엮어준 은화선배한테도 투정이나 원망으로 비칠까봐
말 한마디 한마디가 조심스럽다. 솔직히…… 좁다란 가슴팍
에 꾹꾹 눌러두자니 버겁기 짝이 없다.

어쩐지 선일 씨보다 더 든든한 지원군이 생긴 듯하다.

이상하다.

요즘 생리가 없다.

지난번에도 살짝 스치고 그냥 넘어갔는데……

스트레스 때문인가?

신혼 좀 지내고 아이를 갖기로 했었다. 그래서 처음부터
피임을 했다.

임신일 리는 없는데…….

산부인과에 왔다.

문현준이 있는 병원. 하지만 나는 여자 선생님을 원했다.

생전 처음 보는 남자 앞도 민망하지만 알고 지내는 남자
앞은 더 민망하지 않은가.

❋

"백모란 님. 축하드립니다. 임신 9주시네요."

……?
……어찌된 거지?
이게…… 웬…… 세상에나…….

어쨌든, 계획과 조금 어긋나긴 했지만 내 몸속에 새 생명
이 꿈틀거리고 있음에 나는 묘한 환희를 느꼈다.

❋

"선일 씨. 나 지금 병원이야."
"병원? 왜, 어디 아파?"
"아니. 산부인과."
"또 방광염?"
"아픈 거 아니라니깐. 9주래."
"응? ……뭐? 그럼……?"
"그래. 우리 애기!"
"진짜? 정말이지?"

“그렇대두.”

“와우! 우리 색시가 큰일 했네. 우하하. 뭐 먹고 싶어, 뭐 사갈까?”

무지하게 좋아한다. 입이 귀에 걸린 듯 발음조차 똑똑치 못하다.

“……음. 복숭아, 단단한 걸루…….”

“그래, 알았어!”

✲

병원을 나서려다 잠깐 대기실에서 기다렸다. 그리고 문현준의 진료실에 환자가 비는 틈을 타, 살짝 고개를 들이밀었다. 그리고 소식을 전했다.

노골적으로 삐쳐버린 그.

“뭐야, 나한테 안 오고. 쳇.”

이 남자, 은근슬쩍 말을 놓기 시작한다. 하긴 네 살이나 많은데 뭐, 그냥 봐줄까.

“축하는 안 해줘요?”

“아, 맞다. 그래, 축하, 축하해요. 무지 축하!!”

병원에서 돌아온 지 삼십 분도 채 안 돼서 선일 씨가 달려
왔다. 복숭아를 한 궤짝 사 들고…….

"어, 선일 씨. 어떻게?"

"헤헤헤. 회사 마칠 때까지 어디 기다릴 수가 있어야지."

그는 날 얼싸안으며 말했다.

"고마워."

"뭐가?"

식탁 의자에 엉덩이를 걸치고 내 배꼽 부위에 귀를 갖다
대며 그는 조용히 말했다.

"그냥. 전부 다."

우린 아기 초음파 사진을 들여다보고 또 들여다보며 희희
덕 희희덕 가슴 벅차했다.

솔직히 우린 신혼다운 신혼을 즐기지 못했다. 분가했다고
는 하지만 시모에 대한 스트레스로 나는 늘 머리가 아팠고
그건 고스란히 선일 씨에 대한 짜증으로 표출되곤 했으니
까. 하지만 오늘은 다른 어떤 것도 생각할 여유가 없다.

친정에 알렸다.

"그래? 아유, 정말 잘됐네. 축하한다, 모란아."

"아빠?"

"응, 잠깐만 기다려."

"모란아."

"아빠!"

"그래, 들었다. 무조건 몸조심하고 맛있는 거 많이 먹고…… 회사일은 당분간 좀 쉬어라. 그리고 옆에 강 서방 있지?"

"선일 씨. 아빠가 좀 바꾸래."

등 뒤에 붙어 서서는, 아직 불러올 생각도 않는 배를 끌어안고 내 목덜미만 간질이고 있던 그에게 수화기를 넘겼다.

"예, 아버님. ……고맙습니다. ……예, 그럼요…… 하하하."

넷이서 한바탕 법석을 피우고,

이번엔 시댁.

선일 씨가 알렸다.

축하한다고 그랬단다.

참!

문득 스치는 생각에 아찔했다.

지난번, 방광염 앓은 게 언제였지?

임신 초기에 걸친 건 아니었나?

설마…… 만약 그랬다면 병원에서 몰랐을 리가 없다. 소변검사까지 하고 나서 처방받은 약이었지 않은가.

식은땀을 흘리며 수첩을 뒤적여본다. 그리고 한참 동안 날짜 계산을 했다.

후유…….

다행이다. 이삼 주 정도 시간 차가 있었다.

선일 씨가 도로롱거리며 잠들고, 나는 베란다로 나와 다시 한 번 확인차 문현준에게 연락했다. 걱정 필요 없다는, 그의 당연한 대답을 들으며 나는 다시 한 번 가슴을 쓸어내렸다.

“그나저나 언제 술이라도 같이 한잔 하고 싶었는데……
쩝.”

“훗. 저 원래 술 못 해요.”

“엉? 술을 못 한다구? 술 마시는 낙 없이 인생을 어떻게
즐겨?”

언뜻 목뒤가 서늘했다.

“……아, 참, 생맥주!”

“어라, 맥주는 마셔요?”

“아니, 그게 아니라 생맥주 딱 반 잔 마신 적 있거든요. 한
달 전쯤…….”

“어쩌다가.”

“그땐 피임 중이라 임신 가능성을 전혀 생각 못해서. 아,
그러고 보니 커피도 좀 마신 것 같고…….”

“모란 씬 커피 안 즐기잖아.”

“그렇긴 한데…… 그렇다고 완전히 안 마시는 것도 아니
니까…… 어쩌죠?”

“걱정 마요. 그 정도는 괜찮으니까.”

“진짜요?”

“글쎄 그렇다니깐.”

“그리구…… 사실 그동안 스트레스가 이래저래 장난이 아
니었는데…… 괜찮을까요?”

“스트레스? 우리나라 여자들 대부분이 스트레스 속에서 임신하고 해산하는데 뭐. 너무 신경 쓰지 마요.”

“정말이죠?”

“그렇대두. ……그나저나, 무슨 스트레스? 나한테라도 풀지 왜.”

“후훗. 그럴 걸 잘못했네요.”

“……참, 근데, 모란 씨. 미리 말해두지만, 꼭 제왕절개 해야 해. 알았지?”

엉뚱한 그의 발언.

“왜요?”

“알면서…… 그 명품에 상처 생길까봐 그러지.”

“푸후훗. 문 선생님도 참.”

“저기, 그 ‘문 선생’ 이란 말 좀 안 쓰면 안 될까나.”

“그럼 뭐라 해요.”

“오빠라 부르면 좀 좋아?”

“아니. 전 그냥 이대로가 편하고 좋아요.”

나는 고집을 부렸다.

“……그럼, 내가 말꼬랑지 자르는 것도 별로겠네?”

“아뇨. 그거야…… 네 살이나 더 많으시니까.”

“쩝. 그건 더 상처 받는 말이구먼. 차라리 서로 말꼬리 길게 길게 늘이며 지내보자구…요. 일단은……."

호칭이나 말투에 따라 친밀도가 달라지는 경우가 꽤 있다. 결혼 후 만난 남자에게 오빠라는 단어를 쓰는 것은, 그리고 무턱대고 말을 트는 것은 그리 적절하지 못하다는 생각이 들었다.

✳

선일 씨가 보통 때보다 조금 일찍 퇴근했다. 애플망고 한 상자와 함께.
"어, 안 그래도 먹고 싶었는데 어떻게 알았어?"
"내가 이래봬도 초능력이 쫌 있거든. 우리 아기랑 통한다구."

커다란 망고를 앉은자리에서 다섯 개나 먹어치웠다.
그는 돼지털이 숭숭 나 있는, 갈빗대 같은 씨만 쪽쪽 빨아먹고 있다.
"괜히 알뜰한 척하지 말고 이거 먹어."
"모란 씨가 뭘 모르는구나. 이건 씨 발라먹는 게 별미라니깐."

나도 먹어봤다. 정말 꽤 재밌는 맛이다.

우린 남아 있는 망고 씨 하나를 놓고 가위바위보를 했다.

✻

휴일.

내 태교를 위한 음악을 자장가 삼아 낮잠을 즐기던 그가
머리를 긁적이며 일어났다.

"어, 벌써 시간이 이렇게 됐네. 모란 씨 배고팠겠다."

"아니. 별루."

"뭐 먹을래, 먹고 싶은 거 없어?"

"음…… 냉면."

✻

냉면을 먹고 돌아오는 길에 나는 지난 며칠간 생각했던
말을 꺼냈다.

"선일 씨. 나 친정에 가 있을래."

"으응?"

"힘들어서 그래."

“힘들어? 몸이 안 좋아?”

“암튼 그러고 싶어.”

“그럼…… 따로…… 살자고?”

“선일 씨도 같이 들어가든지.”

“아, 그래도 되는 거야? 그래. 알았어, 알았어. ……난 또 권태긴가 했네.”

“근데, 선일 씨.”

“응?”

“어머님께는 우리 별거 중이라고 해두면 안 될까.”

“그건 또 웬 뚱딴지같은 소리야.”

“그렇게 해두면 어머님한테 좀 소홀해도 이해해주시지 않을까 해서 말야.”

“왜, 엄마가 힘들게 해?”

“글쎄. 꼭 그렇다기보다.”

“그래도 그건 좀…… 왜, ‘말이 씨가 된다’ 는 얘기도 있잖아.”

“……”

“아무것도 신경 쓰지 마. 뭐든 모란 씨 하고 싶은 대로 하고……. 엄마 문제는…… 엄마가 뭐래건 내가 전부 알아서 할 테니까.”

친정으로 왔다. 그리고 편안히 태교에만 전념하고 있다. 시모에게 매일 전화하던 것도 관두었다. 하기 싫은 일 억지로 하는 거, 태아한테 좋을 리 없으니까. 아니, 어쩜 아이를 핑계로 직무유기 하는 건지도 모르겠다.

선일 씨가 어떻게 말해둔 건지 그녀에게서도 연락이 없다.

그나저나 막상 연락을 않고 있자니 마음이 무거운 게, 이 또한 스트레스가 만만치 않다. ……차라리 전화하는 게 오히려 나으려나…….

✻

요가 강습을 마치고 나오는데 시모에게서 전화가 왔다.

어금니에 뭐라도 끼인 것 같은 목소리.

"새애기냐, 오늘 선일이 출장 갔지? ……저녁이나 같이 먹자꾸나."

✳

호텔 중식당.

시모가 먼저 와 있었다. 그다지 좋은 표정은 아니다.
“많이 기다리셨어요?”
“그래. 십오 분은 족히 기다린 것 같다. 어른이랑 약속을
했으면 좀 일찍 나와서 기다리고 있지 그러냐. 쯧쯧.”
내 참. 약속 시간까지 오 분도 더 남았구만.

“저기, 요즘 통 연락도 못 드리고…….”
“괜찮다. 신경 안 써도 돼. 그나저나 작품 응모해서 상이
라도 받으면 그길로 최고 디자이너가 될 수도 있다며? ……
근데, 부상은 뭐래?”
……어휴, 선일 씨도 참. 무슨 핑계를 이런 식으로 댄 거
야. 어째 마음이 안 놓이더라니(하긴 딱히 적당한 핑계거리가 없
긴 하다).
“글쎄 그게 뭐더라…….”
나는 늘어진 앞머리를 넘기며 혼잣말을 하듯 웃음으로 얼
버무렸다.

종업원이 메뉴판을 들고 왔다.

그녀는 꼿꼿한 자세로 눈을 내리깔며 메뉴판을 한 장 두 장 넘겼다.

"……음, 그래, 이왕이면 코스로 먹자."

미리 나온 자스민차를 홀짝홀짝 마시며 시모가 어색한 미소를 지었다.

"은근히 기다리던 소식인데 잘됐구나. 축하한다."

그녀의 말에 나는 수더분한 웃음을 보였다.

"임신 초기에 제일 조심해야 한다. 알지? 각별히 주의해라."

"네."

"참. 작업하는 것도 너무 무리하지 말고. 뭔가 열정적으로 하는 게 태교에 좋을 수도 있겠지만 지나치면 안 된다, 절대로. 무조건 잘 먹고 잘 자고……."

"네."

"저기, 사진 갖고 나왔니?"

"네?"

"병원에서 찍어주는 거."

"아, 그거요? ……여기."

나는 지갑에서 초음파 사진을 꺼냈다.

사진을 손에 든 시모는 신기한 듯 이리저리 돌려보며 위아래를 찾았다. 그러고는 언뜻 벌레처럼 보이는 아기를 발견하고 한참을 열심히 들여다본다. ……그러더니,

날 빤히 쳐다보며 말했다.

"이거, 정말 우리 선일이 아이 맞냐?"

"……네?"

기가 막혀 표정 관리에 애를 먹고 있는 날 보며 씨익 웃더니 다시 그녀가 말했다.

"농이다, 농! ……그래, 이 녀석이 우리 아기란 말이지. ……호호호. ……저기, 이 사진 나 가지자. ……넌 앞으로 병원 갈 때마다 찍을 거잖냐."

"네. ……그러세요, 그럼."

시모가 뜬금없이 물어왔다.

"그나저나, 니들 요즘 잠자리 가지니?"

"네?"

"섹스, 하냐고."

"……그게……."

"혹여라도 해산할 때까진 절대 하지 마라. 그건 배 속에 든 아이에 대한 예의가 아니야."

"……."

"그리고 애 낳고 나면 주말에 한 번 정도만 하고. 섹스를 하면 할수록 남자는 기가 빠지거든."

"……."

친정엄마와도 하기 뭐한 얘기를 섹스니 뭐니 하는 노골적인 단어까지 들먹이며 늘어놓는다. 마치 내 침대를 들여다보고 있는 듯한 말투에 불쾌하기 짝이 없다.

음식이 하나 둘 나왔다.

날 잠깐 쳐다보더니 시모가 물었다.

"근데, 입덧은?"

"별루요."

"다행이구나. 난 선일이 가졌을 때 제대로 먹지도 못하고 엄청 고생했는데……."

시모는 반주로 시킨 독한 중국술을 연거푸 마셔대며 말을 이었다.

"참, 안부 전화 하는 거, 이번 참에 아주 관두자꾸나."

"네?"

"솔직히 시어미 목소리 매일 듣고 싶은 며느리가 어디 있겠냐. 아줌마 있으니까 만약에라도 나 죽으면 바로 연락 갈 거야. 그러니 신경 끄고 지내라고."

"아이, 어머님도 무슨 그런 말씀을."

"아니야. 실은 내가 지겨워서 그런다. 만날 하는 전화, 할 말도 없고."

"아, 네에. 사실 그건 좀 그렇죠."

나도 모르게 맞장구를 쳐버렸다.

그래, 그것만 없어도 스트레스의 반은 줄어들 것이다.

"요즘 친정에 들어가 있다며."

"네."

"하긴. 친정이 좋긴 하지."

"……."

"근데 말이다. 넌 아직도 우리 선일이 많이 사랑하니?"

나는 말없이 웃었다.

"선일이는, 선일인 여전히 널 많이 사랑해줘?"

이번에도 나는 미소로 답했다.

"……그래, 지금 실컷 즐겨둬라."

"네?"

"사랑은 호수가 아냐. 강물 같은 거지. 흐르거나 마르거나 둘 중 하나…… 절대 고여 있지는 않아."

언제나 그렇다. 들어서 기분 좋을 말은 절대 안 한다.

이미 주량을 넘어선 듯한 시모를 말렸다.

"어머님. 술이 좀 과하신 것 같은데……."

"아니, 괜찮아. 이 정도쯤이야…… 내가 누구냐, 이래봬도 왕년에 최고로 잘나가던 살롱 마담 아니었냐. 호호호호……."

그 독하다는 술, 한 도꾸리를 다 비운 시모는 어눌한 발음으로 옛날 얘길 꺼내기 시작했다.

"내가 니 나이 때는 우리 선일이 데리고 먹고사는 데 급급했어."

"……."

"사실은 말이다. 내가 고등학교 때 미스코리아 대회 나갔다가 학교 규율에 반한다고 퇴학을 당했었어. ……그 김에 우리 아버지가 갓 스무 살 된 나를, 변호사 나부랭이하고 결혼을 시켰는데……."

"……."

"요즘이야 뭐, 수입도 그저 그런, 길에 깔린 게 변호사놈들이지만 그 시절엔 최고의 신랑감으로 꼽혔거든. ……근데…… 그 인간이 손버릇이 아주 안 좋았어. 걸핏하면 때리고……."

"……."

“견디다 못해 결혼 전에 사귀던 사람한테 갔다. 가출을 한 셈이지. ……그런데 사랑도 별수 없더구나. 두어 달 살아보니 별거 아니더라구. 게다가 배까지 불러오고…… 남편 아이, 선일이였지.”

“……”

“그래서…… 결국은 친정으로 돌아갔는데, 하필 그때 우리 아버지 회사가 부도날 게 뭐겠냐…….”

“……”

“친정어머니한테 등 떠밀려 다시 남편 집에 들어갔었다. 하지만 흠씬 두들겨 맞고는 그냥 쫓겨났어. ……홀몸이 아니라고, 당신 자식이라고 아무리 말해도 소용없었어. ……하긴 그 남자 성질머리에 날 살려둔 것만 해도 다행인지 모르지.”

“……”

“암튼 그 인간, 그리도 독하게 굴더니 이듬해 교통사고로 죽었어……. 난 만세를 불렀다.”

나도 모르게 조그만 한숨이 새어나온다.

“어찌어찌 힘들게 대여섯 달을 버티다 선일이를 낳았는데 ……돈이 필요했어. ……그래서 ……룸살롱에 나가기 시작했지. 친정에 그 핏덩이를 맡기고. ……사실, 처음엔 술도 잘 못했어. 손님들이 따라주면 마시고 또 마시고 그러고는 토하고 또 토하고……."

시모의 눈가가 붉어졌다.

"네 부모가 날 그리 업신여긴 술집 일이긴 하지만……."

얼핏 날 쳐다보는 그녀의 눈을 피해 나는 테이블로 시선
을 내려잡았다.

"……어려운 친정 생활비도 대줘야 했고…… 난 열심히
했다. 열심히 돈을 벌었어. 그나마 반반한 얼굴 덕에 살롱에
서도 꽤나 높은 대우를 받았고 ……그래, 2차도 나갔다.
……우리 선일이 부족함 없이 키우고 싶어서 할 수 있는 일
은 뭐든 다 했어."

나는 가슴 가득 숨을 들이마셨다.

"주위에선 재혼하라고 난리였지만 난 그럴 수 없었어. 나
좋다고 들이대는 남자도 여럿 있었지만 그 남자들도 눈에
들어오지 않았고. ……그래, 우리 선일이는 내 아들이자 남
편 같은 존재였으니까……."

"……."

"니네 친정은 좋겠구나. 남이 실컷 키워놓은 아들을 데릴
사위로 들이고."

"……."

"난 솔직히 니가 밉다, 아주 많이. 우리 선일이 뺏긴 것 같
아서……."

“…….”

그녀는 초음파 사진을 다시 들여다보며 말을 이었다.

“그래도…… 좀 있으면 태어날 이 녀석한테 밉보일 수야 없잖냐. 니가 날 미워하면 이 녀석도 날 미워할 텐데…….”

이런저런 얘기들을 횡설수설 늘어놓던 시모는 결국 테이블에 엎어졌다. 빈 술잔과 빈 도꾸리도 따라 넘어졌다. 나는 도꾸리와 잔을 옆으로 치우고, 테이블에 얼굴을 붙이고 있는 시모를 물끄러미 쳐다보았다.

마음이 아팠다. 아니, 아프다기보다는 쓰렸다.

✳

몸을 가누지 못하는 시모를 어깨에 메다시피 해서 간신히 시댁으로 들어왔다. 그리고 그녀를 침대에 눕혔다. 연신 술주정 같은 잠꼬대를 해댄다.

나는 침대 옆 협탁에 냉꿀차를 놓아두고 방을 나왔다. 그러고는 소파에 쓰러지듯 기대 누웠다.

출장 중인 선일 씨로부터 전화가 왔다.

"아, 선일 씨. 안 그래도 전화하려고 했는데. 여기 어머님 댁이야."

"응? 이 시간에 거긴 왜, 무슨 일 있어?"

"아니. 어머님이 과음을 좀 하셔서……."

엄마 전화.

"모란아, 어디니?"

"응, 시댁. 선일 씨 어머니, 몸이 좀 안 좋으셔서. 내일 갈게."

이런저런 생각에 한참을 뒤척였다.

✳

눈을 떴다.

시모는 아직 일어나지 않고 있다.

냉장고를 열어보니 씻어둔 콩나물이 있었다. 콩나물국을 끓였다. 얼큰하게…… 그리고 시모가 일어나기만 기다렸다.

시모가 일어나기 전에 도우미 아줌마가 들어왔다.

"어? 새댁이 웬일이야? 이 시간에……?"
"아, 여기서 잤거든요. ……콩나물국 끓여놨으니까 어머
님 일어나시면……."

그냥 시댁을 나왔다.

✳

잠자리에 들었다.
선일 씨가 동화책을 읽어준다. 어디서 청진기 줄 같은 걸
사와서는 내 배꼽에 대고…….
우리 아기의 귀에는 선일 씨의, 아빠의 목소리가 들릴 것
이다. 하지만 내 귓가에는 자꾸만 엊저녁 시모의 얘기들이
맴돈다.

✳

휴일. 백화점이다.

선일 씨랑 아기용품 코너에 왔다.
"모란 씨, 여기 이 양말 좀 봐. 이 신발도……."

　　결혼한 선배나 친구 선물하느라 몇 번 와봐서 꽤 담담한 나와는 달리 그는 모든 게 깜찍하고 귀여워 죽겠나 보다. 이것저것 신나게 고른다.

　　"선일 씨. 아직 아들인지 딸인지도 모르잖아."

　　"알았어, 노란색으로 고를게. 병아리처럼 귀엽겠지?"

　　우린 딸랑이며 베개까지 봉투 가득 사들고 에스컬레이터를 탔다. 그리고 1층 명품코너로 향했다.

　　시모가 좋아하는 샤넬 매장.

　　그녀에게 어울릴 만한 것으로 고르고 있는데 선일 씨가 아는 척 참견을 했다.

　　"모란 씨, 이게 더 발랄해 보이는데?"

　　"아니. 어머님 드릴 거야."

　　"엄마? 우리 엄마, 생일 되려면 아직 멀었잖아."

　　"……그냥."

＊

　　시댁에 왔다. 어제 산 핸드백을 들고.

"웬일이냐?"

차갑지도 따뜻하지도 않은 미지근한 표정…….

엊그제 일을 기억하고는 있는 걸까.

가만. 내 귓가에 울리는 이건…… 트로트.

지난번, 샹송이니 클래식이니 하던 그녀의 말이 떠올랐다. 나도 모르게 오디오 쪽으로 시선이 뻗었다.

……

재빨리 오디오를 눌러 끄며 변명 아닌 변명을 늘어놓는 시모.

"그게, 친구들이랑 노래방이라도 가면, 가서 같이 어울리려면……."

나는 웃음을 삼켰다.

"아, 예."

조금 민망했던지 시모는 부채를 파닥파닥 부치며 서둘러 화제를 바꿨다.

"날씨가 어찌 이리 덥다니. 그나저나 어쩐 일이냐."

"어제 백화점에 갔었는데요. 선일 씨가 어머님 드린다고 이걸……."

시모의 얼굴에 갑자기 화색이 돈다.

"그래? 선일이가? ……그 녀석이, 생일날도 한 번씩 까먹던 녀석이 웬일이래?"

좋아라하는 얼굴로 백을 열어 속 내용을 살핀다.

"좋네, 딱 좋아. 쓰기 좋겠어. 호호……."

"그나저나 새애기 너, 뭐 먹고 싶은 거 없니?"

"아뇨. 딱히……."

"그럼 보약을 한 제 지어줄까?"

"지금 먹고 있어요."

"그럼 뭘 해야 하나?"

"괜찮아요……."

"아니, 그래도 내가 뭘 좀 해야지. 그래야 저 녀석이 날 좋아하고 따르지 않겠냐."

그녀의 시선을 좇아가 보니 조그만 액자에 애기 초음파 사진이 들어 있다. 웃음이 새어나왔다.

"참, 애기 침대랑 목욕통은 사지 마라. 그건 내가 사줄 테니. 호호호……."

이렇게 활짝 웃는 얼굴은 처음 본다. 살짝 보이는 덧니가 귀엽다.

시댁을 나오는데 선일 씨로부터 전화가 왔다. 일이 있어 늦어진단다.

문현준에게 문자를 보냈다.
— 오늘 저녁, 시간 되세요?
2분 후에 들어온 답장.
— 당연하죠. ^^

문현준을 만났다.

소문난 맛집이라며 그가 인도한 부대찌개 집으로 왔다. 냉장고 속의 오만 잡동사니를 다 섞어 넣은 듯한, 보글보글 끓어오르는 수상한(?) 찌개를 한 숟가락 뜨겁게 떠먹으며 그는 엄지손가락을 추켜세웠다.
"우와. 이거 끝내주누만. 어서 먹어봐요, 모란 씨."
"네."
그의 재촉에 부응했다. 한입 가득 참으로 오묘한 맛을 느끼며 고개를 끄덕이는 내게 그는 갑자기 입을 삐죽거렸다.

"근데 모란 씨. 요즘 왜 그리 매정스러워요? 병원 왔다가도 인정머리 없이 매번 그냥 가버리고."

"아, 그게…… 엄마나 남편이랑 같이 다니다 보니."

"왜, 내가 뭐 '숨겨둔 남자' 라도 되는 거예요?"

"후후훗. 알았어요. 다음부턴 얼굴 보일게요."

"참. 애기 성별 알아볼 수 있죠?"

"불법이긴 한데…… 왜, 알고 싶어요?"

"글쎄. 애기용품 준비해두려니 색깔이……."

"거참. 성격 급하시네. 알았어요, 그러면 다음 주쯤……."

……잠깐, 아니다. 뭐든 너무 많이 알면 재미없어지는 법이다.

나는 하던 말을 번복했다.

"아, 아뇨. 그냥 이대로 있을래요. 그게 훨씬 신비로울 것도 같고. 후훗."

"하하핫. 생각 잘 했어요. 그편이 태교도 한쪽으로 치우치지 않고 좋을 거예요."

적당히 졸아든 찌개에서 라면 면발을 쫄쫄 건져먹으며 뭔가 부족한 듯한 표정으로 그가 물어왔다.

"나, 술 좀 마셔도 될까나요."

"그럼요. 얼마든지."

원래 술을 못 하는, 더욱이 임신 중인 나를 앞에 두고 그는 소주를 한병, 두병, 홀짝홀짝 잘도 들이켰다.

"저기, 모란 씨. 내가 사람 전생을 좀 보거든요."

"정말요? 전 어때 보여요?"

"음…… 모란 씨는 아무래도 전생에 '빈'이었을 것 같네요."

살짝 기분이 상했다.

"빈이요? 중전자리 놔두고 하필 왜 빈? 말이 좋아 빈이지, 결국은 첩이잖아요."

"역시 뭘 모르시는구먼."

"네?"

"중전은 원래 왕의 사랑을 못 받거든요. 크크……."

"풋. ……그럼 문 선생님은요?"

"나야, 왕이죠, 왕. 킥킥킥킥……."

"근데 있잖아요, 모란 씨 최고의 매력포인트가 뭔지 알아요?"

"글쎄. 뭐, 있어요?"

"무표정이요."

"네?"

"그 마네킹 같은, 얼음처럼 차가운 무표정. 하지만 날 보는 순간 다시 표정이 되살아나는 듯한 묘한 느낌…… 맞아요, 이건 모란 씨와 알고 지내는 사람만이 가질 수 있는 행운이죠."

횡설수설, 무슨 말을 하는 건지 알 수가 없다.

그새 소주를 세 병 반이나 해치운 그가 다소 꼬부라진 혀를 굴렸다.

"근데 말이죠. 모란 씨. 부탁이 하나 있는데."

"네?"

"미친놈이라 욕하면 안 돼요. 그저 한번 물어보는 거니까, 혹시라도 들어줄까 하는 희박한 가능성에 내 인격을 걸어보는 거니까."

"뭐길래 그리 서두가 길죠? 괜히 사람 긴장되게."

"……그러니까 그게…… 모델이 좀 돼줬으면 하고……."

"모델이라뇨?"

"사진요. 사진모델."

들어줄까 말까 잠시 고민하다 흔쾌히 대답했다.

"그러죠 뭐. 대신 예쁘게 잘 찍어주셔야 해요."

"그야, 흐흐흐. 암만 잘못 찍어도 근사하게 나올 거예요.

바탕이 예쁘니까. ……근데…… 거시기…… 쬐끔 밀실작업
적인 성격을 띠는데 ……괜찮죠?"

"밀실작업? 혹시 누…드……요?"

"음…… 뭐랄까…… 초절정 누드라고 해야 할까나……
아, 걱정 마요. 얼굴이랑 섞어 찍지는 않을 테니까. 따로따
로 찍을 거니까. 상반신은 고상틱하게, 아래는 화려하게."

"내 참. 무슨 뜻이죠?"

"그러니까…… 저기…… '버자이너' 요."

기가 찼다. 내 아랫도리를 찍겠단다. 지금 이 남자가 무슨
…… 아니다. 그래, 술주정인데 그냥 너그러이 봐주자.

"문 선생님. 술 너무 드신 거 아녜요?"

"아뇨. 나, 정신 말짱해요."

"이거 보세요. 문현준 선생님. 저, 유부녀예요. 게다가 지
금 임신 중이고."

"아참, 임신. 그랬었네, 그러네. 미안 미안……."

피실피실 웃고 있는 그를 두고 나는 말끔히 상황 정리를
했다.

"차라리 제가 문 선생님 거 찍어드릴까요. 아주 예술적으
로다가……."

"쩝."

그는 소주를 한 잔 더 들이켜며 연신 쩝쩝거렸다.

임신 넉 달째.

배가 살짝 불러오는 듯하다.

이것저것 사 나르는 아빠와 선일 씨 덕에 그새 3킬로나 쪄
버렸다.

✳

그러고 보니,

양가 어른들이 여태껏 서로 인사도 못 나누고 있었다. 그
때 상견례가 그렇게 무산되고 나서 우리끼리 결혼해버렸고
그러고는 시모 땜에 신경 쓰느라, 임신으로 기뻐하느라 그
동안 너무 오래 깜박하고 있었다.

선일 씨와 함께 '너무나 늦어버린' 상견례 날짜를 잡았다.

＊

상견례를 했다.

어색하게 시작해서 그럭저럭 화기애애하게 끝났다.

＊

상견례를 마치고, 시모만 홀로 들여보내기 뭣해서 시댁으로 같이 왔다.

그런데…… 아까부터 그녀의 안색이 좋지 않다.

"어머님. 어디 안 좋으세요? 아까 식사도 제대로 못 하시던데……."

"아니. 그냥 체기가 좀 있어서…… 괜찮다."

시모는 옷도 제대로 갈아입지 않고 침대에 누웠다.

"엄마. 병원 가볼래?"

"아니. 됐다. ……니들도 그만 가서 쉬어라."

현관을 나서는 우리에게 도우미 아줌마가 말한다.

"요즘 사모님이 계속 몸이 안 좋으신데…… 속이 불편한지 잘 드시지도 못하고 자꾸 구토질만 하고…… 어째야 좋을지……."

선일 씨와 나는 언뜻 불안한 눈빛을 나누었다.

단순한 위염이나 위궤양이라면 모르지만 혹시, 만약에라도…….

바로 지난주, 선일 씨 회사 직원이 위암으로 잘못되는 걸 본 때문인지 우린 무거운 기분으로 시댁을 나왔다.

✻

돌아오는 내내 조용하던 그가 말을 꺼냈다.

"엄마, 종합검진 받을 때도 됐는데……."

"그래? 그럼 예약날짜 잡아볼까?"

"그래 줄래?"

목소리가 무겁다.

"선일 씨, 걱정 마. 아마 위염이실 거야. 내가 위염 앓았을 때 꼭 그런 증상이었거든."

"……."

✻

오늘은 시모의 종합검진일.

"도대체 애들이 왜 이런대? 귀찮아 죽겠구만……."
"그래두요, 어머님. 적어도 일 년에 한 번씩은 종합검사 받는 게 좋다잖아요."
"그래, 엄마. 그러면 기분도 개운해지고……."

싫다는 시모를 거의 끌다시피 해서 병원으로 들어갔다.

✳

검사결과 나오는 날.
일단 우리끼리 병원에 왔다.

……!
세상에……
임신이란다. 6주째…….

선일 씨도 나도 멍하니 서로 얼굴만 쳐다보았다.

✳

저녁.

시모가 즐긴다는 찹쌀수제비를 먹으러 왔다.

미역 건더기랑 새알은 밀어내고 연신 국물만 떠먹던 그녀는, 느낌이 이상했던지 우리 표정을 살피며 넌지시 물어왔다.

"니들, 왜 그래."

선일 씨가 말했다.

"그게…… 엄마…….."

"왜, 뭐?"

"오늘, 엄마 검사결과 나왔거든."

"벌써? 그래, 뭐라든?"

"저기…….."

"왜, 어디 안 좋대?"

씨익 웃으며 그제야 놀리듯 말을 꺼내는 그.

"엄마. 축하해."

시모는 어리둥절한 표정을 지었다.

"……뭘?"

"임신이래, 6주."

"축하드려요, 어머님."

잠시 애매한 표정을 짓던 시모는 수저를 내려놓고 대신 물컵을 들었다.

"저기, 엄마. ……좀 걱정이 돼서 그러는데 말이야. 의사

말이 고령임신이라서 약간 위험할 수도 있다네. ……괜찮겠
어?”
　시모는 물컵을 입에 갖다 대며 선일 씨의 말을 귓등으로
흘리는 척했다.
　드디어…… 선일 씨가 제일 궁금했던 사안을 끄집어냈다.
　“근데, 엄마. ……애기 아빠는?”
　“…….”

　그녀는 끝내 묵비권을 행사했다.

✳

　샤워를 마치고 나온 선일 씨가 웃으며 말했다.
　“그럼 우리 아기는 동갑내기 삼촌을 가지게 되나? 하하
핫.”

✳

　시댁에 전화했다.

　언제부터인가…… 요즘은 거의 매일 안부 전화를 한다.

200

도우미 아줌마,

"에그. 새댁. 오늘은 더 안 좋으셔. 물 한 방울 안 드시네.
아무래도 병원에 가셔야 될 것 같은데……."

＊

시댁.
잰걸음으로 안방에 들어갔다.

항상 단아하게 모아올린 머리로 기품을 풍기던 시모가 오
늘은 머리를 풀고 누웠다. 화장기 하나 없이…… 이런 모습
은 처음이다.

"어머님."
감고 있던 눈을 힘없이 천천히 올려 뜨며 나를 바라보는
시모.
"……응. 새애기 왔구나."
"괜찮으세요?"
"그래, 괜찮다. 어쩐 일이냐."
"어쩐 일은요, 아무것도 못 드셨다면서요."
"곧 나아질 게다. 걱정 마라."

걱정스레 쳐다보는 내게 그녀는 말했다.

"……지웠다."

"네?"

"지웠다구. ……어제."

"아니, 왜요."

"그동안 술이 좀 과했거든."

"…….."

"사실…… 몰래 낳아 기르고 싶은 마음도 아주 없진 않았
는데……."

"…….."

"훗. ……주책이지?"

억지로 웃어 보이는 그녀의 얼굴이 너무나 처연해 보였
다.

"근데, 어떻게, 혼자 다녀오신 거예요? 저 부르시죠 왜."

"친구랑 같이 갔어. 그 친구 아들이 산부인과를 하거든."

"……참, 어머님. 미역국부터 좀 끓일게요."

"됐어. 미역국은 무슨."

"아니에요, 어머님. 아이 지우고 나면 낳았을 때보다 더
신경 써야 한대요."

✳

　도우미 아줌마를 일찍 퇴근시켰다. 그리고 혼자 부엌을 차지했다. 미역국을 끓이고 약간 된 야채 죽을 쑤고 명란 계란찜을 하고 소고기 완자를 빚고……. 그간 요리책을 보며 독학한 실력에 엄마 조수노릇 자처하면서 익힌 실력까지 유감없이 발휘했다.

✳

　안방에 있는 조그만 테이블에 오밀조밀 상을 차렸다.

　"어머님. 좀 드셔보세요."
　"생각 없대두. 나중에 먹을 테니 너도 그만 가봐라."
　"어머님 드시는 거 보고 갈게요."
　나는 고집을 부렸다. 왠지 그래야만 할 것 같았다.
　드디어 시모가 일어나 앉았다.
　"그래. 그럼…… 어디 먹어보자꾸나. ……응, 그래. 맛있네."
　그녀는 힘없는 얼굴로 푸석한 웃음을 지었다.

“어머님. 너무 누워 계시면 기력이 더 쇠해져요. 우리 거실로 나가요.”

다시 누우려는 시모를 억지로 데리고 나와 소파에 앉혔다.

그리고 TV를 켰다.

……

시모가 한숨을 내쉰다.

“후우…… 참, 이 일, 아무한테도 얘기하면 안 된다. 특히 네 친정엔…….”

“네, 걱정 마세요.”

갑자기 철없는 호기심이 발동했다.

“근데, 어떤 분이세요?”

“…….”

“저기, 그러니까 그분이랑…….”

“아니다. 가정 있는 사…… 아니, 그냥 한 번씩 기대는 친구 같은 존재니까.”

잠시 창가로 고개를 돌리는 그녀의 옆얼굴에 하나 가득 고여 있던 외로움이 흘렀다.

❋

“선일 씨. 어머님, 아이 지우셨대.”

"······왜? ······재미있을 텐데······."

"그동안 술을 좀 드셨나봐."

"그래? 근데, ······누구, 상대는 누구래?"

"그냥 친구로 지내는 분이신가 보던데."

가정 있는 남자라는 말은 뺐다.

"내 참. 차라리 결혼이라도 하고 같이 살든지······."

"어머님도 생각이 있으시겠지 뭐."

"······."

"그리고 이건 우리 세 사람만의 극비사항이니까······."

"그거야 뭐, 자랑하고 소문낼 일은 아니지."

"암튼 어머님 뵙더라도 평소처럼 자연스레 행동해. 알았지?"

사흘 후면 추석.

"어머님. 추석 어떻게 하실 거예요, 뭘 사갈까요?"
"그냥 와라."
"네?"
"우리 집은 제사도 없고…… 늘 먹는 음식, 뭐 하러 한꺼
번에 여러 종류 차려놓고 먹겠냐. 그냥 추석 기분이나 내게
송편 한 가지만 할 거다. 그러니까 신경 쓰지 말고 몸만 와."

＊

송편을 빚고 앉았다.
시모는 혼잣말처럼 중얼거린다.
"하루하루는 지겨워 죽겠는데 계절은 어찌 이리 빨리 바
뀌는지……."

시모가 만든 건 참 예쁘고 일정하다. 아줌마가 만든 건 투박스레 둥글둥글. 보다 못한 시모가 아줌마한테 다른 일을 시켰다.

시모랑 가깝게 마주 앉았다. 그녀는 내게 송편 빚는 비법을 일러주었다.

"……이렇게 해서 요렇게. ……알겠지? 송편을 이쁘게 빚어야 예쁜 아기 나온다고들 하니까 신경 써서 빚어봐."

"네."

나도 열심히 빚었다. 그럭저럭 모양을 냈다.

"우리, 내일부터는 호텔에 묵자."

"네?"

"추석이나 설 연휴에 한 며칠 호텔에서 먹고 자는 거, 그게 얼마나 기분 좋은 줄 아니? 세상에 나처럼 팔자 편한 여자도 없다는 생각이 새록새록 밀려들지. 너도 즐겨봐라. 시집간 친구들 중에서 아마도 니가 제일 편한 며느리일 게다."

"아, 예……."

"그리고 말이다. 내년 설 연휴엔 해외여행이라도 다녀오자꾸나. 어때, 이 정도면 배 속에 든 우리 애기도 날 좋아하겠지, 응? 호호호호."

"저기, 어머님. 그땐 저 만삭일 건데요……."

"아, 그렇게 되나? 쯧쯧. 그럴 줄 알았으면 이번 추석에 나
갈 걸 잘못했네. ……지금 준비하려면 좀 늦었지……?"

＊

문현준에게서 문자가 들어왔다.
— 힘들지 않아요? 힘들면 참지 말고 잠깐 나와요.
나는 답문을 보냈다.
— 아무래도 명절은 편하게 보낼 팔자인가 보네요.

＊

선일 씨도 퇴근하고 여기로 왔다.
거실에 둘러앉아 송편이랑 과일을 집어 먹어가며 그가 좋
아하는 퀴즈 프로를 본다.
……
보던 프로가 끝나고 CF가 나오자 그가 배 한 조각을 깨물
며 바나나껍질 같은 말을 꺼냈다.
"엄마. 재혼하지 그래."
내 그만큼 말을 했건만 어째 저리 눈치 없고 주책까지 없
는지…….

"……그럴 생각 없다."

"왜? 혼자서 심심하잖아."

"그렇게 걱정되면 니들이 들어와 살든지."

"에이. 엄마도 참. 언젠, 맘 편히 신혼생활 즐기라고 해놓고선……."

"인석아, 처가살이가 신혼생활 즐기는 거냐?"

"아이 참. 엄만…… 공모작도 만들어야 하고, 적어도 애기 낳을 때까진 친정에 있는 게 여러모로 좋잖아……."

"여기 들어오면 내가 뭐, 니 마누라 잡아먹기라도 한대?"

갈수록 분위기가 새끼줄처럼 꼬인다.

나는 오줌 마려운 듯 슬쩍 일어나 화장실을 향했다.

화장실로 가는 길에 2층으로 향하는 계단이 눈에 들어왔다. 늘 관심 없이 지나쳤던 계단, 당연히 우리가 들어올 것을 염두에 두었을 공간, 호기심이 일었다.

계단을 올랐다.

아담한 거실에 하얀 소파가 놓여 있다. 액자도 벽지도 커튼도 깔끔했다. 방문을 열어보았다. 가구며 장식품까지 필요한 모든 것이 거의 다 놓여 있다. 다른 방문을 열었다. 놀이방인가 보다. 바닥이 충격 방지용 매트로 깔려 있고 한 상자 수북이 장난감, 책꽂이엔 그림책이 가득하다. 또 다른

방, 커다란 책상과 책장이 들어 있고 구석방엔 선반과 옷걸
이가 놓여 있다.

여기, 이곳으로⋯⋯

상충되는 두 생각.
⋯⋯갑자기 머리가 무거워진다.

✳

세련된 시모 덕분에 호텔에서⋯⋯ 대한민국 최고의 편안
한 유부녀로 추석을 보냈다.

✳

다시 평범한 나날.
엄마가 해주는 밥을 먹고 요가를 하고 클래식을 듣고 선
일 씨가 사온 애니메이션 DVD를 보면서 열심히 태교를 하
고 있다.

오늘은 왠지 감자탕이 땅긴다.

선일 씨와 배 속의 애기와 셋이서 감자탕 집으로 향했다.

언뜻 시모 생각이 났다.

"선일 씨. 우리, 어머님이랑 같이 갈까."

"엄마? 엄만 돼지고기 안 좋아하잖아."

"참. 그렇지……. 그럼 다른 거 먹을까?"

"안 돼. 임신 중에 먹고 싶은 거 못 먹으면 아기가 짝눈으로 태어난다던데."

"후훗. 그거 진짠가?"

"암튼 우리 애기 먹고 싶은 걸로 먹어주자구. 엄만 다음에 같이 먹으면 되잖아."

"그럼 그러든지."

"근데 모란 씨. 요즘 왜 그래."

"응?"

"부쩍 엄마한테 신경 쓰는 것 같아서……."

"그냥…… 아들 실컷 키웠는데 소홀하면 섭섭하고 서운하실 거잖아."

※

얼큰한 감자탕을 맛있게 먹고 돌아가는 길.

그가 제안했다.

"모란 씨. 우리 여행이라도 갈까."

"여행?"

"이제 곧 배 많이 불러오면 움직이기 힘들 거고 애기 낳고 나면 한동안 애기 옆에 붙어 있어야 할 거고……. 우리, 어디 가서 좀 놀고 오자."

"그럴까?"

"그래. 오랜만에 신혼 분위기 좀 즐겨보자구."

"후훗. 그래 알았어."

※

우린 제주도에 다녀왔다.

나라 밖은 꽤 드나들면서 정작 대한민국 대표 휴양지에는 가본 적이 없었던 내 특이한 여행 경력을 고려해서.

토요일.

자꾸만 밀려드는 졸음에 TV 앞에서 졸고 있는데 아빠가 날 흔들었다.

"모란아. 이렇게 너무 움직이지 않아도 안 된다. 강 서방이랑 나가서 바람이라도 쐬고 와라."

선일 씨가 기다렸다는 듯 끼어들었다.

"아버님 어머님도 같이 나가시죠. 제가 맛있는 갈빗집을 하나 발굴해뒀거든요. 거기, 냉면도 끝내줘요."

"아니. 됐네. 둘이서 다녀와. 모란 엄마랑 나는 우리끼리 갈 데가 있으이."

*

우린 엄마 아빠에게 떠밀리다시피 밖으로 나왔다.

선일 씨가 알아두었다는 갈빗집으로 향하는데 또 언뜻 시모가 떠올랐다.

"선일 씨. 어머님이랑 같이 가자."

"엄마랑?"

"응. 어머님 친구도 별로 없으시잖아. 주말엔 모임도 잘 없는 것 같던데 심심하실 거야."

"그래, 그러면."

……

"참, 선일 씨. 잠깐만!"

"응? 왜."

"오늘 어머님 생신이셔. 깜박했네. 며칠 전까지만 해도 기억하고 있었는데. 다시 돌아가자. 선물 사뒀거든."

✳

선물 받은 화장품을 늘어놓고, 좋아라, 환한 웃음으로 따라나선 시모와 함께 갈빗집으로 왔다.

"근데 새아가. 너, 얼굴이 조금 부은 것 같다?"

"몸무게가 좀 불었어요."

"아니, 살쪄 보인다는 게 아니라 부기가 있는 것 같다구…… 손 좀 이리 줘봐."

난 손을 내밀었다.

내 손을 주물럭거리며 걱정스런 표정을 짓는 시모.

"엄마. 모란 씨 지금까지 자다 나왔거든. 그래서 그럴 거야."

선일 씨 말에 나도 고개를 끄덕였다.

"그래? 난 또…… 하긴. 지금 한창 졸릴 때지."

시모는 다행이라는 듯 빙그레 웃었다.

그녀의 손은…… 약간 차가웠지만 아주 부드러웠다.

"참, 새애기 너. 지난번에 얘기했던 그 디자인 공모 어찌 됐니, 잘 끝낸 거야?"

거짓말은 상당한 기억력을 요한다. 옆에서 유들유들 웃고 있는 선일 씨의 허벅지를 있는 힘껏 꼬집으며 나는 또 다른 거짓말을 급조했다.

"아니, 저기, ……그게요. 접수 마감일을 깜박 지나치는 바람에……."

"그래?"

시모는 단 한 번의 쯧쯧거림도 없이 기분 좋게 다음 말을 꺼냈다.

"그나저나 니들, 혹시 아기 태명 지었냐? 요즘 유행이라던데.”

“아뇨.”

“그래. 잘했다. 대충 지은 이름 불러서 좋을 거 없어. 난 날이랑 난 시를 넣어야 제대로 된 이름이 나오니까. 이담에 태어나면 내가 근사한 이름 지어주마.”

✳

언제부터인가 우린 주말에 한 번씩 시모와 함께 밥을 먹는다. 집에서 먹기도 하고 같이 외식을 하기도 한다. 가끔 영화도 함께 본다. ……요즘 들어선 시모로부터 받는 스트레스가 전혀 없다. 더도 말고 딱 요즘만 같았으면 좋겠다.

✳

시댁.

오늘은 비빔국수를 해 먹었다. 매콤새콤달콤한 국수를 맛있게 먹고 얼얼해진 혀를 차가운 녹차로 가라앉히고 있다.

시모가 말했다.

216

“어제 애기 침대랑 목욕통 들였다. 2층에 있으니까 궁금
하면 올라가 보든지.”

“……네?”

갑자기 머리카락이 곤두서는 느낌.

선일 씨가 내 눈치를 보며 시모에게 물었다.

“엄마. 애기 낳고 바로 들어오라구?”

“그래. ……왜, 애 낳고 나서도 계속 처가에 눌러앉아 있
을 생각이었어?”

“저기, 어머님…….”

그녀는 내 말을 막았다.

“산후조리고 뭐고, 쓰잘데기 없는 말은 아예 꺼낼 생각도
마라. 여기선 산후조리 못할 이유라도 어디 있냐.”

✳

친정으로 돌아가는 길.

나는 꿀 먹은 벙어리처럼 앉아 있었다.

선일 씨가 물어왔다.

“모란 씨. ……아직도 우리 엄마가 그렇게 불편해? 요즘
잘 지내는 것 같더니만.”

……아니, 아무리 그래도 이건 다른 문제다.

"그건 별개야. 아무리 사이좋은 고부간이라도 같이 살면 못마땅한 일이 한두 가지가 아니래."

"하긴. 가까이 있으면 단점이 드러나 보이긴 하지. 알았어, 그럼. 신경 쓰지 마. 내가 알아서 할 테니까."

"칫. 또, 뭘, 어떻게 알아서 하려구?"

"암튼……."

✳

늦은 밤, 잠든 선일 씨를 두고 아빠 서재로 들어왔다. 그리고 문현준에게 전화를 했다.

"모란 씨. 어쩐 일이에요? 요즘 통 연락이 안 되더니……."

이 남자, '버자이너 사진' 어쩌고 했던 건 아예 기억에 없나 보다(사실 그 얘기를 듣고부터는, 그가 날 볼 때 버자이너부터 떠올릴 듯한 느낌에 나도 모르게 거리를 두었었다). 나도 그런 척 했다.

"아직 안 주무셨어요?"

"괜찮아요. 얘기해요."

나는 다짜고짜 내 고민사항을 끄집어냈다.

"시어머니가 시댁으로 들어오래요. 어쩌죠?"

잠시 후, 그가 물어왔다.

"흐음…… 남편은 뭐래요?"

"글쎄, 자기가 알아서 하겠다고는 하는데…… 어디 마음이 놓여야 말이죠."

"알아서 하겠다면 알아서 하게 놔둬요. 괜히 끼어들지 말고."

"……"

"무엇보다, 마음 물러지지 말구요. 착한 척 져주고 들어가면 두고두고 힘들어지니까. 지난번에 내가 말했잖아요. 혼자서 외동 키워낸 어르신은 피하는 게 상책이라고."

"……."

"모란 씨. 그거 알아요? 약간 싸가지 없이 사는 게 편하다는 거."

나는 되뇌었다.

— 싸가지 없이…….

"지킬 거 다 지키고 챙길 거 다 챙기면서 살다 보면 내가 멍든다구요. 그러니까 항상 '나' 위주로 살아요."

그의 강력한 조언에 나는 그나마, 아니, 한결 마음이 편해졌다.

"참, 모란 씨. 나, 6개월 정도 중국에 나가 있을 거예요."

"네? 갑자기 중국엔 왜요?"

"거기 협력병원이 있는데 병원장이 잠시 다녀오래서. 대학 강의도 좀 하게 될 것 같고……."

"네에……."

"왜, 나 어디 간다니까 싫어요?"

"그야……."

"허허허. 연락 자주 할게요."

전화를 끊었다.

여섯 달이라……

왠지 꽤나 길게 느껴진다.

바람이 한층 쌀쌀해졌다.

시절에 맞게 배도 많이 볼록해졌다.

엄마가 사온 임신복을 입어본다.

"어이구. 우린 모란이는 임부 옷을 입어도 어쩜 이리 예쁘지? 꼭 어릴 적 유치원복 입던 게 생각나네."

거울에 이리저리 비춰보며 나도 히죽거렸다.

"그치? 헤헤헤."

퇴근한 아빠도, 선일 씨도 귀엽다고 입을 모았다.

＊

은화선배를 만났다.

"어, 백모란. 어쭈, 배가 꽤 많이 나왔는데?"

"응. 후훗. ……근데 선배는 소식 없어?"

"……음. ……저기, 있잖아…….""

"응?"

"……어제 ……병원에 갔었는데……."

"근데."

"……."

"왜 그래, 선배."

"……임신이래. 8주!"

"에이, 뭐야. 난 또……."

"하하핫."

"암튼 축하해, 선배. 우리 언제 식사라도 같이 하자. 부부 동반, 아니 배 속 애기까지 여섯이서……."

"그래. 그러자. ……그나저나 좀 어떠니? 니네 시어머니."

"요즘은 그럭저럭…… 괜찮아. 이대로라면 잘 지낼 수 있을 것도 같은데…… 같이 살자는 말만 안 하면……."

"같이 살재?"

"응. 처음부터 그랬거든. 일 년만 있다 들어오라고……."

"그냥 무시해. 같이 살다가도 분가하는 세상에 무슨 그런 말을 한대?"

"그러게……."

"이상한 짓은 안 해?"

"요즘 그런 건 없어. 나한테도 꽤 잘해주고."

"잘해줘? 임신 중이라 봐주는 건 아니고?"

"글쎄, 그럴지도. 배 속에 든 애기한테 밉보일 수는 없다
나 뭐라나 그런 말을 하는 걸 보면……."

"내 참."

"참, 선배. 저기 말야. 우리 시어머니, 아무래도 좋은 사람
이 생긴 것 같애. 어쩌면 그래서 나한테 신경을 좀 꺼둔 건
지도 모르고."

"그래? 그 성격, 맞춰줄 남자가 있긴 있나보지?"

"남자한테야 그렇게 하겠어?"

"하긴."

✳

시모에게 감기기가 있다 한다.

엄마가 싸준 모과차를 들고 시댁에 왔다.

"웬일이냐."

저기압이다. 아무래도 날을 잘못 잡은 것 같다.

"어머님. 목이 많이 잠기셨네요…… 모과차 드셔볼래요?"

"됐다. 그냥 둬라."

　그녀는 임신복을 입고 있는 날 아래위로 몇 번이나 훑어
보더니 한 마디 툭 던졌다.

　"편하겠구나."

　"네. 엄청 편해요."

　"선일이도 퇴근하면 이리 오라 해라. 저녁 같이 먹게.
……참, 임부복 두어 벌 사서…….."

　"아니에요. 집에 여러 벌 있는데…….."

　시모는 내 말을 듣는 둥 마는 둥 딴전을 피며 도우미 아줌
마를 불렀다.

　"아줌마. 오늘 소금구이 해먹게 파 절이고 야채 좀 씻어
둬요. 새우튀김도 좀 하고."

　"그나저나 새아기 니가 날 참 많이 닮긴 했구나."

　"네?"

　"내가 젊었을 때 꼭 너 같았거든. 곧바른 아들들은 지 엄
마 닮은 여자를 고른다더니만…….."

　"…….."

　"가만 보자. 내가 니 나이 때 우리 선일이가 초등학교 2학
년이었지 아마."

　"아, 예…….."

선일 씨가 들어섰다. 백화점 봉투를 들고.

"엄마. 오늘 뭔 날이야."

"인석아. 꼭 무슨 날이어야만 여기 오는 거냐?"

"아이 참. 엄마도. 그런 말이 아니잖아. 요즘 주말마다 보는데 이렇게 또 부르니까 그러지."

"됐다, 쪽제비 같은 것들……. 그 봉투나 이리 다오."

시모는 봉투 안에서 임신복 세 벌을 꺼내더니 자기 몸에 이리저리 대어보았다. 그리고 드레스 룸에 안고 들어가서는 그중 한 벌로 갈아입고 나왔다.

선일 씨도, 나도, 사태파악이 되지 않아 잠깐 어리바리 서 있었다.

"나도 이젠 집에서 이렇게 입고 있어야겠다. 아주 편하네……."

그녀는 약간 겸연쩍은 듯 어설픈 표정으로 부엌에 들어갔다. 그리고 이 뻘쭘한 분위기에 아줌마를 슬며시 끌어들였다.

"아줌마, 이거 참 편하네. ……한 벌 줄까?"

"아이그 사모님도. 나오신 김에 파조림 간이나 좀 봐주세요."

"새아가, 니가 좀 해라. 내 지금 코가 막혀서 맛도 못 보겠다.”

저녁을 먹고 거실에 둘러앉았다.

선일 씨가 궁금했던 말을 꺼낸다.

“엄마. ……혹시 또 임신한 거야?”

시모는 목을 움츠리며 말했다.

“아줌마 듣겠다! 인석아.”

그가 살짝 톤을 낮춰 다시 한 번 물었다.

“그러니까, 어찌된 거냐고…….”

“뭐가?”

“그 옷 말야.”

“그냥 편해 보여서 입었다. ……넌 어째 내가 편한 꼴을 못 봐?”

“진짜 뭔 일 없는 거지.”

“왜, 무슨 일 있었으면 좋겠냐.”

“내 참. 아까부터 왜 그래, 사사건건.”

“……그만 가봐라. 감기약 먹었더니 졸립네.”

✳

돌아오는 길에 물었다.

226

"선일 씨. 나, 어머님 닮았어?"

"무슨 소리야?"

"아니, 그러니까, 닮았냐구."

"닮긴 어디가 닮았어. 눈코입에 이마며 턱까지 전부 다르구만."

나는 피식 웃어버렸다.

"왜 웃어?"

"아니 그냥. 그런 거 있어."

"거참. 싱겁긴."

솔직히, 아까……

'첫사랑과 닮아서 좋아졌다'는 말을 연인으로부터 들었을 때 느낀다는 그 불쾌함이 아주 진하게 스쳤었다.

친구들 모임에 계속 빠졌더니 '한 번만 더 빠지면 제명하겠다' 는 협박성 문자가 들어왔다. 귀찮았지만 하는 수 없이 모임 장소에 나왔다.

퓨전 레스토랑.

오랜만에 보는 친구들이랑 이런저런 수다를 떨고 있는데, 저쪽으로 꼭 시모 같은 여인이 보였다. 뒤태가 똑같다. 아주 점잖아 보이는 남자와 동반이다.

나는 화장실을 가는 척, 그 테이블의 남녀를 주시하며 천천히 발걸음을 뗐다.

……아니나 다를까 시모였다.

시모는 상대 남자가 무슨 말을 할 때마다 웃음으로, 미소로 답하고 있다. 가끔 손으로 입을 가리며 호호거리기도 한다.

지난번 그 아기의 아빠인 걸까…….

내 자리로 돌아와 앉았다. 그리고 그 남자를 유심히 살폈다.

선해 보였다.

지난번 그 아이의……, 가정이 있다던 그 남자가 아니면 좋겠다. 그리고…… 인연이 좋게 이어져 시모에게도 남편이 생기면 좋겠다.

그리만 된다면 시모가 외로워할 일도 없을 것이고 잊을 만하면 한 번씩 튀어나오는, 나에 대한 거부반응도 좀 무디어질 것이고…….

그러고 보면…… 언제부터인가 난 연민 비슷한 감정으로 그녀를 대하고 있다. 그리고 그녀는, 나의 임신 때문인지 그녀의 연애사 때문인지는 몰라도 예전보다 꽤나 부드러워졌다.

……하지만, 시댁에 들어가 사는 것만큼은 아무리 생각해도 내키지 않는다. 선일 씨랑 친정에 있는 것을 데릴사위 운운하며 쌍심지를 켜고 있으니 조만간 우리 집으로 돌아갈 것이다. ……그리고 해산을 하면 엄마가 드나들며 아기를 함께 키워줄 것이다. 나는 그리 되길 원한다.

그리 되려면…… 시모에게 남편이 생기는 것 외에 좋은

방법은 없으리라.

✳

“선일 씨. 오늘 밖에서 어머님 잠깐 뵀는데 어떤 남자분이
랑 함께셨어. 느낌에 보통 사이는 아닌 것 같던데.”
“그래?”
“응. ……어머님, ……결혼하시면 좋을 텐데.”
“그리 되면 좋지 뭐.”
그가 언젠가 그랬었다. 밤에 시모 홀로 두는 게 마음에 걸
린다고.
“근데, 어머님 왜 입주 도우미 안 들이셔?”
“그 아줌마, 십 년이 훨씬 넘었어. 다른 사람으로 바꾸기
싫나봐.”
“…….”
“참, 이번 금요일, 엄마가 밥 먹재, 밖에서.”
“그래? 근데 웬 금요일?”
“글쎄.”

＊

금요일 저녁.

시모가 얘기한 일식집으로 왔다.

안쪽 방, 시모가 한 남자와 나란히 앉아 있다. ……그 남자다. 지난번에 봤던 그 남자.

멈칫 서 있는 선일 씨에게 눈짓을 했다. 그리고 얌전히 방에 들어섰다.

앉아 있던 남자가 일어선다.

"안녕하세요."

"예. 처음 뵙겠습니다."

우린 시모의 소개도 없이 인사만 대충 나누고 앉았다.

그제야 시모가 우리에게 상황 설명을 했다. 단 한 마디로.

"우리, 결혼하려구."

"……!"

나도 모르게 박수를 칠 뻔했다. 점잖고 선해 보이는 남자를 보며 선일 씨도 벙긋거렸다.

돌아오는 길,

선일 씨가 룸미러 각도를 살짝 고쳐 잡더니 시모를 슬쩍 슬쩍 쳐다보며 물었다.

"엄마. 뭐하는 분이셔, 나이는?"

"서울대 교수. 쉰둘."

"독신이야? 아니면 이혼남? ……참, 혹시 지난번 그 애기 아빠?"

시모는 물음을 슬쩍 비껴나갔다.

"그만 좀 해라, 녀석아. 심문하냐?"

"엄만…… 궁금하니까 그러지. ……그래, 날짜는 잡았어? 언제쯤 할 거야?"

"넌 어려서나 커서나 어째 그리 성미가 급하니."

"아이 참. 언제쯤 할 거냐니까."

"다음 주."

"뭐? 다음 주? 그렇게나 빨리?"

"9일, 금요일."

"내 참. 성미는 엄마가 더 급하구만 뭐."

"아니, 그게…… 그 사람이 그냥 빨리 해버리자네."

"흠. 신랑이 신부에게 완전 빠졌구만. 크크크…… 좋겠수,

엄마!"

"고만해, 인석아."

"근데, 어째 평일이야? ……그나저나 모란 씨, 엿새 만에 뭘 어떻게 다 준비하지? 엄마, 어디서, 장소는 정했어?"

"그냥 사진만 찍을 거다."

"사진만? 너무 서운하지 않아?"

시모의 결혼 발표에 한껏 기분이 들뜬 나도 거들었다.

"그래요, 어머님. 남들 하는 거, 할 건 다 하세요."

"됐다. 이 나이에 무슨."

"아니에요, 어머님. 이제 마흔 정도로밖에 안 보이시는데……."

"그만 됐다니까. 그리고 니들도 일부러 올 필요 없다. 그냥 우리끼리 할 테니."

*

12월 9일 금요일.

시모의 결혼식, 아니, 결혼사진 찍는 날.

선일 씨와 나도 참석했다.

웨딩드레스를 입은 시모.

화사하고 아름다웠다.

턱시도를 입은 점잖은 신랑과 너무나 잘 어울렸다.

＊

스튜디오 촬영을 끝내고,

두 사람은 오키나와 행 비행기에 올랐다.

＊

신랑 신부를 배웅하고 돌아오는 길.

나는 촬영장에서부터 계속 맴돌고 있던 생각을 끄집어

냈다.

"선일 씨. 우리도 사진 찍자."

"사진?"

"응. 우리 결혼사진 제대로 못 찍었잖아. 웨딩드레스도 입

어보고 싶고."

"하긴. 나도 턱시도 못 입은 게 아쉬웠는데…… 아, 그래,

잘됐다! 말 나온 김에 내일, 내일 찍자, 응?"

"뭐가 그리 급해? 예약부터 해야지."

"지금 예약하면 되잖아."

"연말이라 벌써 다 찼을 걸."

그는 갓길에 차를 세우고 몇몇 군데 전화를 걸더니, 끝내
예약을 따냈다.
"됐다! 히히히."
"근데…… 어쩌지? 배 이렇게 불러서 예쁜 드레스는 안 맞
을 텐데……."
"우하하하. 임신복도 예쁘게 입어내는 우리 백 여사께서
무슨 그런 걱정을 하시나?"

✲

우린 뒤늦은 결혼사진을 찍었다.
배 속의 아기까지 셋이서…….

스튜디오 직원들에게 속도위반한 커플로 보이는 것이 살
짝 민망하긴 했지만, 암튼 기분 좋은 시간이었다.

✲

카레 전문점.

……

그가 싱긋 웃으며 물어왔다.

"모란 씨. 오늘 무슨 날인지 알아?"

"오늘? ……글쎄, 무슨 날이지."

버터난을 애매하게 씹으며 곰곰 생각하고 있는데 참을성 없는 그가 살짝 서운한 표정으로 답을 내놓았다.

"우리 처음 만난 날이잖아. 12월 10일."

그러고 보니 그렇다. 무심한 와이프가 된 듯해 살짝 미안해졌다.

너스레를 떨었다.

"정말? 그랬었나? 처음 만난 날을 어떻게 기억해? 선일 씨 기억력 진짜 끝내준다, 완전 짱이야."

"어떻게 기억하긴. 내 생애 최고의 사건이었는데."

"푸후후후……."

"암튼 처음 만났던 날짜에 결혼사진을 찍었으니 꽤 의미있게 느껴지지 않아?"

어쩐지…… 오늘 급하게 찍자고 꾸역꾸역 우길 때 알아봤어야 했다.

"후훗. 그건 그러네."

"뭐 갖고 싶은 건 없어?"

"음…… 딱히. 저기, 선일 씨. 이건 어때? 무슨 기념일엔,

그러니까 결혼기념일, 혼인신고기념일, 그리고 오늘 같은 첫만남기념일엔 선물 주고받지 말고 뭐든 집에 둘 것들을 사자. 그리고 그 물건들 뒤에 날짜 새겨두고……. 어때, 그쪽이 좀 더 멋있을 거 같지 않아?"

"그래, 그러자."

❋

우린 안티크 매장에 들러서 낮에는 뻐꾸기, 밤에는 부엉이가 한 번씩 나와서 시간을 알리는 커다란 벽시계를 안고 우리 집으로 들어왔다.

선일 씨가 벽에 시계를 거는 동안, 나는 친정에 전화를 했다.

"엄마. 내일 갈게."

오랜만에 들른 '우리 집'.
……푸근하다.

바닐라 커피를 내렸다. 그리고 그 부드러운 향을 음미하며 느긋한 커피타임을 준비했다. 그를 위하여…….

그리고 나는…… 그 짙은 향에 가려 맥도 못 추는 밍밍한 국화차만 홀짝거렸다(그다지 즐기지도 않던 커피이건만 삼가려니 괜스레 더 땅긴다).

*

촬영하느라 은근히 피곤한데다 얼굴을 뒤덮고 있는 짙은 화장이 무거워 서둘러 욕실로 향하는데 선일 씨가 입구방에서 날 불렀다.

"모란 씨. 이리 와봐."

"응? 왜?"

그는 전자 기타를 메고 이펙트랑 앰프에 연결시키며 싱글싱글 말했다.

"내 여인께 한 곡조 올릴까 하나이다."

"……뭐야?"

"암튼."

그는 날 의자에 꾹 눌러 앉히고는 연주를 시작했다.

띵팅띵띵…….

대충 칠팔 분 정도의 연주, 대학 때 밴드 활동에 빠져 있었다는 말을 증명이라도 하듯 너무나 감칠맛 나고 매끄러운 연주. ……그런데…… 어째 영 낯선 곡조, 생전 처음 듣는 곡이다. 나는 따닥타닥 박수를 치면서 그에게 물었다.

"근데 이 곡, 제목이 뭐야?"

"포모란!"

"응?"

"에프, 오, 알, 모란!"

"풋. 난 또……. 그럼 일부러 만든 거야?"

"히히히…… 그대를 위하여 이 몸이 밀실연습을 좀 했지롱."

멋쩍은 듯 머리를 긁적이며 기타를 내려놓는 그에게 나는 괜시리 입술을 내밀고 쫑알거렸다.

"피이. 이왕이면 가사도 붙여서 노래까지 곁들이면 좀 좋아?"

"모란 씨도 참. 나 음치인 거 알면서……."

"하긴…… 근데 왜 이제야 장기자랑을 해? 실력이 아주 장난이 아니구만."

"글쎄. 난 꼭 찬바람이 불어야 기타를 꺼내게 되더라구. 이유는 모르겠어."

"선일 씨도 계절 꽤 타나 보네."

"그러게, 나도 은근히 섬세하다니깐. 헤헤헤."

"후훗. 그나저나 한 번 더 해봐. 다시 들어보게."

그는 다시 기타를 메고 감정을 듬뿍 담아 내 앞에 그 선율을 쏟아냈다. 그리고 나는 그것들을 부스러기 하나 놓치지 않고 내 마음에 주워 담으려 애를 썼다.

……그래 ……지금 ……난 ……행복한 거야 ……너무나…….

벌써 크리스마스 시즌.

선일 씨랑 성탄절 선물을 사러 백화점에 나왔다. 북적이
는 사람들 틈을 헤집고 다니며 아빠 엄마 것, 시부 시모 것,
은화선배 부부 것까지. 다들 받아보고 즐거워할 선물로 신
경 써서 골랐다. 물론 우리가 주고받을 선물, 배 속 아기의
선물까지…….

※

일단 이브는 선일 씨 친구의 라이브카페에서 우리끼리 분
위기 잡고 놀았다.

※

오늘은 크리스마스.

먼저 친정.

선물 상자를 열어보는, 엄마 아빠의 함박웃음을 보며 기분 좋게 시댁으로 향했다.

시댁으로 들어서자마자 선일 씨가 큰 소리로 외쳤다.

"엄마! 메리크리스마스!"

마침 거실로 나오던 시부가 허허 웃으며 우릴 반겼다.

그의 옆구리를 찔렀다.

"아, 아버님도, 메리크리스마스요!"

"아버님 어머님. 여기, 크리스마스 선물……."

상자를 열어보는 시부 입가에 웃음이 돌았다. 시모도 흡족한 표정을 지었다.

그새 시모의 얼굴이 눈에 띄게 유해졌다. 피부에 윤기가 흐르고, 더 젊어진 것 같다.

✳

한식집으로 왔다.

"아니, 젊은 사람들 취향에 맞추지 않고……. 그것도 오늘 같은 크리스마스에."

"아니에요, 아버님. 저희도 한식 좋아해요."

시부와 나의 대화에 선일 씨도 한몫했다.

"그럼요. 한국 사람인 걸요."

커다란 상에 이런저런 음식들이 차례로 놓여졌다. 다들 맛깔스럽게 보인다.

음식이 다 차려지고 다 같이 한 수저 들려는 순간, 시모가 갑자기 자리에서 일어났다. 그리고 화장실 화살표를 따라 거의 뛰다시피 간다.

잠깐 머리를 스치는 생각…….

서로 얼굴을 보며 갸웃하는 남자들을 두고 나는 시모를 따라 화장실로 갔다. 그리고 세 칸의 부스 밑을 들여다보며 웩웩거리고 있는 그녀의 발목을 찾았다.

"어머님, 괜찮으세요?"

잠시 후, 그녀는 두루마리 휴지로 입을 닦으며 나왔다. 그러고는 손을 씻고 곱게 입힌 화장까지 깨끗이 씻어냈다.

핸드페이퍼로 핏기 없는 얼굴을 닦으며 그녀는 내게 말했다.

"가서 내 백 좀 가져다주렴."

나는 기다리고 있는 두 남자에게 먼저 드시라는 말을 건네며 시모의 핸드백을 들고 다시 화장실로 왔다.

딱분이랑 립스틱만 간단히 바른 시모와 함께 홀로 나갔다. 다시 방으로 향하려는데 시모가 또 구토증을 발한다. 그새 손님들이 들어차서 그런지 내부 공기가 한층 진해져 있었다.

안 되겠다,
우선 시모를 밖으로 내놓고 두 남자가 있는 방으로 갔다.

"저기, 어머님 속이 좀 불편하셔서요. 저희 먼저 갈 테니까 두 분 식사 천천히 하시고……."
"아니야. 같이 가지."
시부가 자리에서 일어났다. 선일 씨도 따라 일어섰다.

시댁으로 돌아왔다.

시모는 누워 있고 싶다며 방으로 들어갔다.

따라 들어간 내게 시모가 말했다.

"새아가. 니 시아버지랑 선일이 저녁 좀 해결해줘라."

"네. 걱정 마세요."

방에서 나오는데, 두 남자가 주고받는 말이 들려왔다.

"혹시 임신 아닐까요? 우리 엄마, 입덧 무지 심한 체질이 었다던데……."

"……흐흠……, 사실은 엊그제도 이런 일이 있어서 위내시경이라도 하러 갈까 했었는데……."

도란거리는 두 남자의 대화에 내가 끼어들었다.

"제가 내일 어머님 모시고 병원 가볼게요."

시부가 말했다.

"……나도 같이 가지."

아까부터 꼬륵거리는 배를 안고 있던 선일 씨가 말했다.

"그나저나 아버님. 뭐라도 드셔야죠."

"글쎄."

"모란 씨. 어떻게 할래? 냄새 안 나는 거 뭐 없나?"
"음…… 저기, 아버님. 초밥이라도 사올까요?

누워 있는 시모에게 파인주스 한 잔만 딸랑 넣어두고 우
리 셋은 부엌문까지 닫아놓고서 열심히 초밥을 먹었다.

✳

시부 시모와 함께 산부인과로 왔다.

……!
쩝. 상상임신이란다.

아쉬워하는 시모의 표정과 다행스러워하는 듯한 시부의
표정이 엇갈린다.

시부는 병원을 나오며 시모의 비위를 맞췄다.
"우리, 크루즈나 느긋하게 다녀올까?"

나는 적잖이 실망했다.
아이를 가지면 그야말로 그녀의 완벽한 울타리가 생길 것

이고, 그것은 내게로 뻗은 그녀의 레이더를 교란시키는 확실한 계기가 되리라 기대했었다.

……하는 수 없다. 좀 더 기다리는 수밖에.

영악한 나는 시모의 조속한 임신을 기원했다.

볼일이 있다는 시부와 헤어져 시모와 나는 선일 씨 회사 앞으로 갔다.

평소보다 일찍 퇴근하고 나온 그와 함께 베트남 쌀국수에 모듬튀김 한 접시를 곁들여 먹고 시댁으로 왔다.

당연한 일이겠지만 오늘 입덧 같은 건 없었다.

✽

저녁을 조금 짜게 먹어서 그런지 갈증이 났다. 냉장고 홈바를 열고 물병을 꺼내 물을 따랐다. 그리고 한 모금 마시는 순간, 시모의 못마땅한 눈초리가 내 입술과 물컵 주위를 맴도는 듯했다. 그러고 보니 물맛이 좀 이상하다. 컵을 보니 색깔도 꽤 짙다. 아무래도 영지인지 상황인지 차가인지 하는 버섯들이랑 이런저런 약재를 넣어 오래오래 끓여낸 듯한 그런 맛이다. 친정에서 자주 끓여두고 마시는지라, 재료를 대충 알 것도 같았다.

나는 눈치 빠르게, 한 모금 마시던 물컵을 선일 씨에게 넘
겼다.
……
그새 못마땅한 눈빛을 풀고 있는 시모.

서운하다. 아니, 서운하다기보다 그 치사함에 짜증이 났다.
고작, 기껏해야 물 한 잔일 뿐인데…… 혹시 내가 임신 중
인, 귀한 몸이라는 사실을 깜박한 걸까.
어쨌거나,
아무래도 나는 시모에게 있어 여전히 남이었나 보다.

가느다란, 긴 한숨이 새어나왔다.
이 집안에서 여전히 물 위에 뜬 기름처럼 따로 돌고 있는
내 존재가 한없이 가볍게 느껴져 견디기 힘들다.
그래…… 그런 말이 있었지, 참을 수 없는 존재의 가벼
움…….

✽

불현듯 문현준이 떠올랐다. 그러고 보니 그동안 전화를
통 못했다. 그에게서도 연락이 없었다.

……많이 바쁜가?

나는 그의 전화번호를 눌렀다.

"웬일이예요? 전화를 다 하고."

입술이 살짝 뒤집힌 듯한 말투.

"후훗. 삐치셨어요?"

"그동안 전화는 왜 그리 안 된 건데요?"

……아참! 맞다. 지난번 휴대폰 바꿀 때 번호도 달라졌었다.

"아, 미안해요. 번호가 바뀌는 바람에…… 깜박했네요, 연락도 못 드리고. 요즘 하도 정신이 없어서…….."

"왜요, 무슨 일 있었어요?"

"아니, 그게…… 시어머니가 결혼하셨거든요."

"예? 그랬어요? 허허허…… 그거 잘됐네요."

오랜만에 그의 너털웃음과 농담을 접했다. 그리고 한참 동안 수다를 떨었다.

＊

새벽녘에 꿈을 꿨다.

산부인과.

병원이 텅 비었다. 간호사도 보이지 않는다.

……

"어서 와요, 모란 씨."

어두운 적막을 가로지르는 문현준의 낮은 목소리.

진찰실을 들여다보았다.

"모란 씨, 여기요."

진찰실의 모퉁이, 내진실에서 빛이 새어나온다.

따각따각 들어가 커튼을 젖혔다.

발그스름한 불빛 아래 그가 앉아 있다.

나는 내진실로 들어갔다. 그리고…… 누가 시키기라도 한 듯 치마를 걷어 올리고 느릿느릿 스타킹과 팬티를 벗었다. 내 아래로 쏠리는 그의 시선을 의식하며.

……

시술대에 누우려는 내게 그가 말한다.

"마저 벗는 게 좋겠는데. 윗옷도 치마도."

나는 한마디 대꾸도 없이 고분고분 따랐다.

……

실오라기 하나 걸치지 않은 채 시술대에 몸을 의지했다. 차갑다. 엉덩이부터 등, 어깨…… 소름이 돋는다.

그는, 꼭 붙이고 있던 내 두 무릎을 힘껏 양쪽으로 벌리더니 차례로 시술대의 다리 고정기에 걸었다.

적나라하기 짝이 없는 자세, 다시 한 번 소름이 돋는다.

그와 눈이 마주쳤다. 민망함에 고개를 돌렸다.

그는 벌어진 내 허벅지 사이에 들어앉아서 나를, 내 몸을 잠시 감상하는 듯했다.

……

이윽고 그는 내 다리 사이로 눈부신 조명등을 비추었다.

"모란 씨. 왜 젖었죠, 내가 남자로 보이시나?"

말이 안 나온다. 침만 꼴깍 삼켰다.

……

언제 준비해두었던지 그는 오래된 수동카메라를 꺼내들고 내 버자이너, 은밀한 속살을 찍어대기 시작했다. 여러 각도로 수도 없이…….

한참을 찰칵거리던 그가 다시 물어왔다.

"헤어 좀 밀어도 될까요."

나는 고개를 끄덕였다.

그는 내 사타구니에 젤을 잔뜩 묻히더니 면도날로 꼼꼼히 밀기 시작했다.

……얼마 지나지 않아 내 불두덩은 완전히 민둥산이 되어버렸다. 뒤섞인 민망함과 수치심 때문일까. 내 아랫도리는 이미 시술대와 엉덩이를 미끈미끈 적실만큼 흥건해져 있

었다.

　그는 따뜻한 수건을 꺼내 내 깊은 곳을 능숙한 손놀림으로 부드럽게 그리고 면밀히 닦아냈다. 그러고는 다시 카메라를 들고 정신없이 찍어댄다. 이젠 아예 아랫도리뿐 아니라 내 전신, 부끄럽기 짝이 없는 자세로 누워 있는 내 알몸까지 찍기 시작했다.

　일어나려 해도 어째 몸이 말을 듣지 않는다. 등받이에 본드라도 발라둔 것처럼.

　……

　드디어 그가 카메라를 놓았다.

　"됐어요. 옷 입어도 좋아요."

　……왜일까……. 서운한 마음이 든다.

　잠깐 시술대 위에서 밍기적거리고 있는데 그가 씨익 웃으면서 말했다.

　"우리, 도킹할까요."

　"……?"

　"섹스, 할까냐구요."

　나는, 나도 모르게 또 고개를 끄덕였다.

　……

　그는 내 두 다리를 다리 고정대에서 내려주고는 그 고정대를 양쪽으로 획 젖혔다. 그리고 날 시술대 아래쪽으로 바짝 끌어내리더니 혁대를 풀고 바지를 내렸다.

……다음 순간……

그는, 이미 젖을 대로 젖어 있던 내 안으로 들어왔다.

……

그의 페니스, 그 리드미컬한 움직임에 나는 말 못할 전율을 느꼈다. 처음 느끼는 쾌감, 이런 게 오르가슴인걸까……
속살 깊은 곳에서 수축을 시작했다. 한 번… 두 번…….

✻

"모란 씨, 모란 씨, 왜 이래? 정신차려봐."

"으응……?"

내 이마에 손을 얹고 걱정스런 표정을 짓고 있는 선일 씨 얼굴이 눈에 들어왔다.

"웬 땀을 이렇게…… 열은 없는 것 같은데, 어디 아파?"

"……아니."

"아니긴. 끙끙 앓더니만. 내가 그 소리에 깼단 말야."

"……."

"약통 어딨어?"

"……냉장고 옆 선반일 거야."

"알았어, 잠깐만 기다려."

선일 씨가 허둥대며 방을 나간다.

요상, 야릇하기 짝이 없는 꿈……
지난번 문현준의 그 술주정 탓인가. ……암만 그치만……
부른 배에 손이 갔다. 설마 아기도 이 꿈을 같이 꾼 건 아니
겠지? 그래, 아닐 거야. 난 고개를 흔들었다.

선일 씨가 다시 방으로 들어왔다. 물 한 컵에 우황청심환,
물수건까지 들고서.
"모란 씨. 일단 이거부터 먹어."
나는 마지못해 약을 씹고 물을 삼켰다. 그리고 일어났다.
"왜?"
"좀 씻게."
"안 돼. 기운 빠진단 말야. 그냥 이걸로 대충만 닦아."
그가 내미는, 따끈한 물수건을 받았다.
"옷이라도 좀 갈아입고 올게."
"아, 그래. 그러는 게 좋겠다."

나는 흠뻑 젖은 잠옷이며 속옷을 갈아입었다. 물론 축축
하게 젖어 있는 팬티까지…….

254

이제 몇 시간 후면 올 한 해도 끝이다.

뉴스를 보고 있는데 선일 씨 휴대폰이 울렸다.

"응, 엄마. ……뭐? 그래서, ……알았어, 금방 갈게."

그는 전화를 끊자마자 얼어붙은 얼굴로 옷을 챙겨 입기 시작했다.

"선일 씨. 무슨 일이야?"

"새아버지가 쓰러지셨대, 심장마비로."

"뭐?"

나도 서둘러 옷을 갈아입었다.

＊

시모가 응급실 간판 모퉁이에 멍하니 쪼그리고 앉아 있다.

이미 사망 판정이 내려져 있었다.

선일 씨는 입고 있던 코트를 덮어주며 시모를 일으켰다. 그리고 실내로 자리를 옮겼다.

"엄마. 가족들한텐 알렸어?"

시모는 고개를 저었다.

"그럼 번호 좀 줘봐. 내가 할게."

"……나는…… 잘 모른다. 그 사람 휴대폰을 봐야……."

선일 씨는 앉아 있는 것조차 버거워 보이는 시모를 내게 맡기고 시부의 휴대폰을 찾으러 시댁에 갔다.

＊

선일 씨가 돌아왔다.

"엄마. 연락할 만한 데는 대충 다 문자 넣어뒀어."

"……그래……."

시모가 내게 말했다.

"잠깐 집에 좀 가자."

✳

　할 일 많을 선일 씨를 남겨둔 채 나는 시모와 함께 시댁으로 왔다.

　시모는 있는 힘을 다 짜내는 듯한 힘겨운 몸짓으로 머리를 만지고 옷을 갈아입었다. ……검정색 투피스.

　"어머님. 장례센터에서 상복 가져올 텐데……."

　"……."

　"그럼 저도 그렇게 고쳐 입을까요? 가는 길에."

　"아니. 그럴 필요 없다."

　다시 집을 나섰다. 그리고 병원으로 향했다.

✳

　사람들이 벌써 북적대고 있다.

　계단 아래에서 담배를 피우고 있던 선일 씨가 우리를 발견하고는 거의 뛰다시피 급히 다가왔다. 그리고 아주 단호한 표정으로 우리를 막아섰다.

　"엄마. 우리 그만 가자."

“선일 씨……?”

“……아니다.”

아주 잠깐, 약간의 실랑이가 있었지만 시모의 완강한 눈빛에 결국 선일 씨가 비켜섰다.

“모란 씨는 차 안에서 조금만 기다려. 금방 나올게.”

“……?”

왜 이러는 거지.

나만 억지로 남겨둔 채 두 모자는 타박타박 안으로 들어갔다.

그나저나…… 세상에…… 무슨 이런 일이 다 있담…… 어떻게 한 달도 채 안 돼서…….

깜깜한 밤하늘에 하얀 입김을 한숨으로 내뿜으며 입구 기둥에 기대 서 있는데…… 담배를 피우러 나온 남자들의 수군대는 소리가 들려왔다.

“쯧쯧. 다 늦게 조강지처 버리고 술집마담한테 빠져서 살림 차릴 때 내 알아봤어.”

“진짜 술집마담이래?”

“그렇다네. JJ살롱 마담이었대. 지금도 회원제 살롱 하나

거하게 하고 있다지 아마."

"그나저나, 혹시 복상사한 거 아냐? 안 그래? 이 밤에……."

"글쎄. 내 참……."

"이혼도 제대로 안 하고 같이 살았다면서?"

"그야, 어떤 마누라가 이혼해주겠어? 누구 좋으라고……."

ー 이혼도 안 된 상태?

ー 가정이 있는 남자?

ー 그럼, 지난번 그 아이 아빠?

……

ー 아까 선일 씨의 그 굳은 표정…….

암튼 시모의 강단 하나는 알아줘야 할 것 같다. 여기 혹시 아는 사람이라도 있으면, 그래서 제대로 봉변이라도 당하면 어쩌려고…….

잠시 후, 나름대로 망인에 대한 예를 갖추었을 시모와 선일 씨가 나왔다.

자동문 건너편으로 상주 옷을 입은 사람들이 언뜻언뜻 보인다.

입구를 벗어난 곳에서 시모는 다리가 풀린 듯 휘청했다. 우리는 그녀를 부축해서 차에 태웠다.
12월 31일.
한 해의 마지막 날 밤.
시모도 선일 씨도 나도 여기서 할 수 있는 일은 아무것도 없다.
여긴 우리가 슬퍼하기조차 민망한 자리다.

한 달, 얼마 안 되는 기간이었긴 하지만 나를 꽤나 정감 있게 대해주었던 시부.
하지만…… 그의 사망에 나는 순수한 눈물을 흘릴 수가 없었다.

그가 있어야 했는데…….
혹시…… 이전보다 더 힘들어지는 건 아닐까.
눈물이 고일 때조차, 흘러내릴 때조차, 그런 허잡한 생각들이 계산적인 내 머릿속을 스치고 또 스쳤다.

시부가 떠난 그날 밤부터 시모는 말을 잃었다.
눈도 흐릿해지고 곧았던 자세도 흐트러졌다.

혹시…… 우울증이라도 온 걸까.

✳

선일 씨와 함께 시모를 신경정신과로 이끌었다.

외상후스트레스장애라고 한다.
의사는 단기 입원을 권했다.

멍한 눈빛의 시모는 보호사의 부축을 받으며 순순히 병동
안으로 들어갔다.

문현준의 전화.

"모란 씨. 요즘은 어때요, 여전히 바쁘고 재밌어요?"

"제가 언제 재밌댔어요?"

"아, 어르신, 화촉 밝히셨다면서요."

"……돌아가셨어요."

"예? 누가요, 시어머님?"

"아니. 새아버님이요. 며칠 전 심장마비로."

"아이구, 세상에. 어쩌자고 그새 과부가 되셨네……."

"……."

"그 어르신 팔자도 참……."

"지금 입원 중이세요. 외상후스트레스장애라고……."

"그럴 만도 하구만요."

"……정말 마음 안 편해 죽겠어요."

"예?"

"태아한테 정신과 폐쇄병동 공기를 전하는 게 어째 좀 찜찜해서 면회 한 번 제대로 못 가고 있거든요."

"흐음…… 찜찜한 느낌이 든다면야 어쩔 수 없는 거죠 뭐."

"분명히 많이 삐치실 텐데……."

"······그나저나······ 거참 신경 쓰이네······."

"······?"

"과부 된 스트레스, 앞으로 모란 씨한테 풀면 어쩌죠?"

내심 걱정하고 있는 부분이기도 하다. 담담히 대답했다.

"훗. 그러게요."

"내가 나갈까요?"

"네?"

"아, 아니. ······암튼 밥 열심히 먹어요. 잠도 열심히 자고. 스트레스 받으면 태아한테 안 좋다는 거, 잘 알죠?"

❋

보름 남짓.

드디어 시모가 말을 시작했단다. 그리고 다음 주에 퇴원이란다. ······다행이다. 입원기간이 짧았으니 면회 못 간 기간도 짧아진 셈이다.

❋

시모의 퇴원일.

퇴원수속을 끝내고 대기실에서 기다렸다.

선일 씨가 시모를 끼고 나온다.

약간 야윈 듯한 시모의 얼굴이 언뜻 보기에도 많이 안쓰러웠다.

"……어머님."

나를 보는 그녀의 눈빛이 상당히 냉랭하다.

"니가 여긴 뭐 하러?"

말문이 막혔다.

"……그게……."

선일 씨가 말을 돌렸다.

"엄마. 원장님이 좀 들르라 하셨대."

우린 외래로 왔다.

먼저 시모의 면담이 끝나고 선일 씨와 내가 들어갔다.

의사는 내 부른 배를 보면서 아기가 시모에게 더할 나위 없는 역할을 할 거라며 빙그레 웃었다. 그리고 가능한 한 시모와의 동거를 권했다. 나는 앞에 앉은 의사의 지껄임을 애써 흘려들으며 자꾸만 새어나오는 한숨들을 삼키고 또 삼켰다.

면담을 마치고 나오는 우리를 보더니 시모는 자리에서 일어났다.

"니들끼리 가라. 난 택시 타고 갈 테니."

"왜 그래, 엄마."

"니 마누라 꼴 보기 싫어 그런다. 이제 와서 뭐 볼 일 있다고 낯짝을 들이밀어?"

"……."

차라리 간단한 거짓말이 나을 듯해서 선일 씨와 눈을 맞추었다.

"저기…… 어머님. ……저도 그동안 몸이 좀 안 좋아서……."

"맞아, 엄마. 모란 씨 아파서 입원해 있었어."

시모의 눈꼬리가 슬며시 내려앉았다.

"어디가 아팠는데."

순간, 나는 엄청난 기지를 발휘했다.

"저기, ……양수가 좀 터져서……."

"뭐? 양수가 터져? ……선일아. 네 처, 빨리 병원 데려가라, 어서."

"아니, 괜찮아요. 조금만 주의하면 된다고……."

"안 돼. 잔말 말고 무조건 병원에 들어가 누워 있어."

"아니야, 엄마. 진짜 진짜, 정말 괜찮댔어."

시모는 크고 짤막한 한숨을 내쉬며 내 배를 쓰윽 조심스
레 쓰다듬었다.

✳

함께 시댁으로 왔다.

선일 씨는 시모를 안락의자에 앉혔다(시부를 위해 샀던 의자
인데, 시부가 늘 즐겨 앉았던 의자인데, 치우지는 못할망정……).
그리고는 등받이에 몸을 기대는 시모의 손을 잡으며 내려앉
았다. 그리고 그녀의 눈을 올려다본다.
"엄마. 인생은 탱고 같다잖아. 스텝이 엉켜도 계속 추는
거, 그게 탱고라고……."
"……."
그녀의 눈에 눈물이 고였다.
"엄마. 우리도 탱고 한번 배워볼까?"
"녀석 참……."
맺힌 눈물방울이 채 떨어지기도 전에 그녀는 피식, 웃음
을 흘렸다.

선일 씨가 오디오 옆 서랍에서 CD 한 장을 꺼내더니 트레

이에 놓고 버튼을 눌렀다. ……나훈아의 구성진 목소리가
울린다.

그가 말했다.

"엄마가 제일 좋아하는 게 이 노래 맞지?"

그녀는 힘없이 웃었다. 그리고 지그시 눈을 감았다.

살다 보면 알게 돼 일러주지 않아도

너나 나나 모두 다 어리석다는 것을

살다 보면 알게 돼 알면 웃음이 나지

우리 모두 얼마나 바보처럼 사는지

잠시 왔다 가는 인생 잠시 머물다 갈 세상

백년도 힘든 것을 천년을 살 것처럼

살다 보면 알게 돼 버린다는 의미를

내가 가진 것들이 모두 부질없다는 것을

살다 보면 알게 돼 알고 싶지 않아도

너나 나나 모두 다 미련하다는 것을

살다 보면 알게 돼 알면 이미 늦어도

그런대로 살만한 세상이라는 것을

잠시 스쳐가는 청춘 훌쩍 가버리는 세월

백년도 힘든 것을 천년을 살 것처럼

살다 보면 알게 돼 비운다는 의미를
내가 가진 것들이 모두 꿈이었다는 것을

모두 꿈이었다는 것을……

— 〈공(空)〉 나훈아

나는 선일 씨의 등짝을 때렸다.

"어휴, 선일 씨도 참. 하필 이렇게 속 후벼 파는 곡을 틀면
어째……."

"엄마가 좋아하는 건데 뭐."

"그래도."

"괜찮아, 이제 곧 신나는 곡도 나올 테니."

그나저나…… 비우거나 버린다는, 모든 게 꿈이라는, 초
연한 노랫말들과는 꽤나 거리가 있어 보이는 시모가 이 곡
을 가장 좋아한다니…….

＊

저녁상을 차렸다.

생각 없다는 시모를 거의 끌다시피 해서 식탁에 앉혔다.

밥을 물끄러미 내려 보던 그녀가 말했다.

"참기름 좀 가져와라."

그녀는 시어빠진 김칫국물을 밥에 들이붓더니 참기름 몇 방울을 떨어뜨려 쓱쓱 비볐다. 그리고 그것을 채 씹지도 않고 한술 두술 삼키기 시작했다.

게 눈 감추듯 밥 한 그릇을 뚝딱 해치우고 따끈한 누룽지 국물을 홀짝홀짝 마시고 있는 시모에게 말을 걸었다.

"저기…… 어머님. 다음 주가 설인데……."

"설? ……벌써 그리됐구나. 그냥…… 이번엔 재껴버리자."

"엄마, 우리 차라리 어디 좀 다녀올까? ……음…… 그래, 청송 어때? 거기, 사이다처럼 톡 쏘는 약수도 최고고 그 물로 밥을 하면 밥이 녹두색처럼 파랗대. 오골계삼계탕도 끝내주고."

"됐어. 다 귀찮아."

✱

돌아가는 길.

아까부터 뭔가 할 말이 있는 듯 한 번씩 입술을 열었다 닫았다 하던 선일 씨가 어렵사리 입을 뗐다.

"저기…… 모란 씨."

"응?"

"부탁이 있는데……."

그가 내놓을 다음 말이 대충 잡혔다.

……그래, 피할 수 없으면 부딪히는 수밖에.

나는 그의 말을 기다리지 않고 착한 말을 늘어놓았다.

"알았어. 어머님 괜찮아지실 때까진 같이 살지 뭐. 안 그래도 어머님 두고 나오면서 맘에 걸렸는데……."

그는, 이런 내 반응이 의외라는 듯 한 템포 늦게 대답했다.

"……고마워."

"내친김에 내일 당장 들어갈까?"

"……아니. 일단 애기 낳을 때까지 모란 씬 계속 친정에 있어. 태아한테 우울한 분위기 전달돼서 좋을 건 없잖아. 퇴원은 했지만 아직 완전히 좋아진 것도 아니고…… 그러니까 일단 편하게 있어. 내가 대충 커버할 테니까."

"우선 혼자 들어가 있겠다고?"

그는 고개를 끄덕였다.

"응. 모란 씨도 그렇지만, 엄마도 모란 씨 보는 게 서먹할 수 있잖아. 이래저래."

하긴…….

"알았어. 그럼 난 아기 낳고 나서 들어가도록 할게."
"암튼 여러 가지로 미안해, 모란 씨."

나는 선을 긋는 것도 잊지 않았다.
"대신 딱 일 년만이야. 그 정도면 충분하겠지?"
"일 년이나? 난 6개월 정도 생각했는데."
"혹시 재발하면 그땐 진짜 오래 걸린다고 했잖아. 기간 넉넉히 두고 확실히 나으시도록 하자구."
"그래, 알았어."
"애기 돌잔치까지 하고 다시 분가하면 딱 좋겠다, 그치?"
"그러네. ……그나저나 당분간 따로 지내는 건데…… 대신 점심은 되도록 같이 먹자, 우리."
"오케이. ……그럼 난 예전처럼 주말에 한 번씩 찾아뵈면 되나?"
"그래. 주말에 내가 데리러 갈게."

그는 나를 친정에 내려주고 다시 시댁으로 향했다.

그리고…… 우린, 선일 씨와 난, 별거 아닌 별거에 들어갔다.

선일 씨가 잔뜩 사다준 태교용 애니메이션 DVD, 오늘은
쿵푸팬더.

한창 재미있게 보고 있는데 휴대폰이 울렸다.

에이, 누구지?

어, 문현준이다. 벌떡 일어나 앉았다.

"여보세요?"

"나예요. 지금 서울이요."

"네?"

일정이 앞당겨져서 예정보다 빨리 나왔단다.

"지금 나올래요? 얼굴 좀 보게."

나는 거울도 제대로 안 들여다보고 코트를 걸치며 급히
나갔다. 그리고 운전을 하며 립스틱을 바르고 머리를 만
졌다.

＊

　그를 만났다. 약간 살이 빠진 듯, 더 까무잡잡해졌다.

　우린 마치 몇 년 만에 만난 연인이라도 되는 듯 서로를 반겼다. 우악스런 그의 팔 힘에 자의 반 타의 반, 허깅까지 해버렸다. 부른 배가 살짝 방해되긴 했지만 넓고 푸근한 그의 가슴을 느끼기에는 충분하고도 남음이 있었다.

　“우와. 배, 꽤나 무르익었구만요.”

　“푸후훗. 재밌는 표현이네요. ……근데 피곤하지 않으세요?”

　“전혀. 모란 씨 보는 순간, 다 날아갔어요. 크허허. 그나저나 잘 지냈죠?”

　“뭐 그냥 그럭저럭.”

　피곤한 그, 나른한 나, 카페의 기다란 소파에 쿠션을 끼고 나란히 앉았다.

　왠지 모를 든든한 느낌……

　설핏, 지난번 그 요상한 꿈이 머리를 스쳤다. 반사적으로 찔끔 젖어오는 아랫도리. 내 참…… 만삭의 몸으로 무슨 이런……

그의 어깨에 기대고 싶은 마음도 살짝 일었지만 나는 끝내 자제했다.

도대체 이건…… 이 기분은 뭐지…… 못 본 사이, 한층 더 가까워진 듯한, 난해하기 짝이 없는 이 느낌…….

앞에 놓인 레모네이드가 조금 식어갈 즈음, 나는 그간 있었던 일들을 얘기했다.

……

그의 얼굴이 살짝 구겨진다.

"아무리 그래도…… 들어가 살면 많이 힘들 텐데……."

"그리 오래 있진 않을 거예요. 일 년 이내로 생각하고 있으니깐."

"일 년도 어떨 땐 상당히 긴 세월이 되곤 해요. 그리고…… 합치긴 쉬워도 다시 분가하긴 힘들 텐데."

"……."

그도 나도 잠시 말이 없었다.

조그맣게 한숨을 내쉬는 내 어깨를 탁 치며 그가 빙긋 웃는다.

“모란 씨. 그럼 내가 부적이라도 하나 마련해줄까요?”

난 피식 웃어버렸다.

“부적이요?”

“그래요. 부적! 크크크. ⋯⋯그리고, 당분간 ‘별거’ 하면서 심심하거나 할 땐 무조건 연락해요. 내가 재밌게 해줄 테니.”

나는 고개를 끄덕였다. 아주 진지하게.

산달.

3월 8일 저녁 6시 54분.
드디어 해산을 했다. 아들.
너무 힘들었다……
세상의 모든 엄마들이 존경스러웠다.

길게 이어진 산통 끝에 결국은 제왕절개를 했다.
언뜻, 출산 시 반드시 제왕절개를 하라던 문현준의 말이
떠올라 웃음이 새어나왔다.

"모란 씨. 많이 힘들었지, 수고했어. 고마워, 정말 고마
워."
입을 귀에 걸고 산실에 들어선 선일 씨가 내 손을 잡고 고
맙단 소리를 연발했다. 그리고 아기를 조심조심 들쳐 안고
는 신기한 듯 빤히 들여다보는데 어째 얼굴에서 웃음이 점

점 사그라진다.

……?

시모가 들어왔다.

선일 씨가 시모 귀에 대고 도란도란 무언가 속삭였다.

뭐지……?

시모는 선일 씨로부터 아기를 빼앗아 안으며 크게 대답했다.

"원래 이런 거야. 양수에 불어 있었으니 당연히 쪼글쪼글하지……."

난 또…… 갓난아기를 처음 봤나 보다. 머쓱한 웃음을 짓는 그를 보며 나도 따라 웃었다.

"이 녀석, 지 애비를 쏙 빼닮았네……."

시모는 아기를 한참이나 쳐다보다 뒤늦게 한마디 내놓았다.

"그래, 수고 많았다."

그러고는 내 옆에 아기를 조심스레 내려놓더니 가방을 뒤적뒤적, 화려한 복주머니를 꺼내들었다. 그리고 그 속에 들어 있던 파란 끈 하나를 끄집어내서는 그것을 아기 발목에 묶어 매듭을 지었다.

"한 번씩 애 바뀌는 사고가 있다잖냐. 내 핏줄 내가 챙겨

야지.”

얼핏, 입구 창유리에 뭔가 어른거렸다. 문현준의 얼굴, 싱글싱글 엄지손가락을 세우고 있다.

나는 돌아눕는 척, 팔을 살짝 휘저으며 그에게 ‘브이’ 사인을 날렸다.

✳

할아버지 제사로 부산에 다녀온 아빠 엄마가 숨 가쁘게 들어왔다.

“모란아.”

“엄마! 아빠!”

엄마가 내 손을 잡고 얼굴을 쓰다듬는다.

“어이구, 우리 모란이, 힘들었지? 정말 장하다, 장해.”

아빠가 선일 씨에게 말했다.

“축하하네, 강 서방.”

세 사람은 신생아실로 내려갔다.

한참 후에야 올라온 그들.

벙글벙글. 생글생글. 싱글벙글……. 입을 다물지 못한다.

자리를 비웠던 시모가 돌아왔다.

"안녕하세요. 사부인."

"아, 예. 안녕들 하셨어요."

시모는 아빠 엄마랑 간단한 인사를 나눈 후에 이내 가방에서 큼지막한 봉투를 꺼냈다. 그리고 그것을 선일 씨에게 건네려다 방향을 틀어 내게 내밀었다.

"여기, 아기 이름이다. 최고로 유명한 철학관에서 엄청 비싸게 지어온 거야."

봉투 속에서 곱게 접힌 한지 한 장을 꺼냈다.

'강 · 유 · 영'

선일 씨가 내 옆으로 오더니 적혀 있는 이름을 소리 내 읽었다.

"유영이, 강유영!"

마음에 들었다.

"고마워요, 어머님."

"이름 진짜 근사하네. 엄마, 고마워."

넉넉할 유, 맞이할 영…….

아빠 엄마까지 다섯 남녀가 우리 아기, 유영이란 이름을 두고 잠시 화기애애 떠들었다.

문현준. 그는 시간만 나면 산부 병동으로 나들이를 온다. 산부들이 삼삼오오 모여 앉아 도란거리거나 책을 읽거나 TV를 보거나 하는 일들을 이런저런 말들로 방해하면서 환자들 챙기는 척 괜한 너스레를 떨며 올라왔다 가곤 한다. 물론, 아주 가끔 내가 혼자일 때면 내 방으로 들어와 담당의사인 척 실컷 놀다 가기도 한다.

내일이면 퇴원.

퇴원하고 바로 시댁에 들어간댔더니 엄마가 짜증스런 목소리로 말했다.

"시가에 있다가도 몸 풀면 친정에서 산후조리하는 법인데 무슨 이런 경우가 있대?"

"지금 선일 씨 어머니 몸이 좀 안 좋잖아. 의사가 그랬어, 가족이 필요하다고."

"내 참. 지금 강 서방이 들어가 있잖니. 꼭 너까지 들어가야 해?"

“내가 아니라 유영이, 우리 유영이를 학수고대한다니깐.”

＊

이른 봄, 겨울 햇살이 침대에 따갑게 내리쬔다.

선일 씨가 퇴원수속을 하러 간 사이, 문현준이 방으로 빼꼼 얼굴을 들이밀었다.
“모란 씨. 퇴원이죠?”
“네.”
“조만간 밥 먹어요, 우리. 부적도 준비해둘게요.”
“후훗. 그러죠.”
“그럼 산후조리 잘 하구요.”

나는 환의를 벗었다. 한 허물 벗은 느낌.

선일 씨와 함께 병원을 나왔다.
유영이를 안고 새색시 걸음을 걸으며 그가 말한다.
“모란 씨. 한 보름만이라도 친정에 있는 게 좋겠어.”
아무래도 엄마가 무슨 말을 한 모양이다.
“아냐. 지금 어머님이 얼마나 기다리실 텐데…….”

"그냥 그렇게 해. 아버님 어머님 걱정하시잖아. 엄마한텐 내가 알아서 얘기할게."

❊

친정에서 마음 편치 않은 보름을 보냈다.

간단한 짐을 꾸리고 있는데 문현준으로부터 문자가 들어왔다.
— 내일 시댁에 들어간댔죠? 부적 준비했으니 받으러 나와요. ^^

❊

약속장소.
잠시 기다리고 있자니 조금 늦게 도착한 그가 숨을 헐떡이며 들어왔다.

나는 메이플라떼, 그도 메이플라떼.
"모란 씨. 가을 좋아하죠?"
"네. 어떻게 알아요?"

"어떻게긴, 봄에 메이플을 홀짝이는데. 하여간 좀 특이하
단 말야, 여자들은 대개 봄을 좋아하더니만. ……그나저나,
합가할 마음의 준비는 다 되셨나?"

"후훗."

"이왕 이렇게 나왔는데, 호랑이굴로 들어가기 전에 오늘
은 좀 재밌게 놀아두지 않을래요? 영화도 보고 노래방에도
가고……."

"글쎄, 그럼 그래볼까요? ……근데, 부적은요?"

"히히히. 그건 나중에 집에 들어갈 때 줄게요. 우선 저녁
부터 먹고. ……우리, 뭐 먹을까요?"

그가 이끄는 대로 쌈밥집, 영화관, 노래방을 전전하다가
적당히 지친 몸을 끌고 주차장으로 왔다. 키를 눌러가며 내
차를 찾고 있는데 그가 차 트렁크를 열며 나를 불렀다.

"모란 씨. 잠깐만요."

"……?"

그는 트렁크에서 두루마리 휴지 24롤 묶음을 꺼냈다. 그
리고 그것을 내게 내밀며 말한다.

"자요. 여기, 부적! 어르신이랑 꼬이는 일 없이 술술 잘 풀

리라구요.”

내 참. 화장실 휴지가 부적이란다. 썰렁하고 철 지난 개그에 그만 웃음이 나왔다.

“푸훗. 난 또 뭐라고…… 암튼 고마워요. 이렇게 용한 부적, 아름드리 안겨줘서.”

시댁에 도착.

선일 씨와 내가 현관에 들어서자마자 달려 나온 시모는 내 품에 안겨 있던 유영이를 낚아채듯 빼앗았다. 그리고 아기를 어르며 사뿐사뿐 안방으로 들어간다.

선일 씨와 나도 따랐다.

"……!"

이게 웬…….

시모 방에 아기 침대가 놓여 있다.

멀뚱한 나를 보며 그녀가 말한다.

"유영인 이 방에서 키우기로 하자꾸나."

"네?"

"우리 유영이가 밤에 보채고 울면 네 남편 잠 설칠 것 아니냐. 바깥일 하는 사람, 잠은 제대로 자게 해줘야지."

일리 없는 말은 아니지만 참으로 내키지 않는 제안이다.

선일 씨가 나섰다.

"엄마. 괜찮아. 이래봬도 내가 애 아빤데 그 정도 감수 못

하겠어?"

"시끄러, 녀석아."

나도 한 마디 보탰다.

"어머님. 요즘 약 드시잖아요. 밤에 편히 주무셔야……."

"아니다. 요즘은 수면제 빼고 먹어. 아침에 어찌나 몸이 무거운지."

"……."

"엄마도 참. 진작 얘길 했어야지. 그래야 다른 약으로 다시 맞춰서 처방받든지 할 거 아냐."

"아니다, 됐어. 난 잠자는 것보다 우리 유영이 보는 게 더 좋으니까."

시모는 단 한순간도 유영이에게서 눈을 떼지 못한다.

잠깐 고민하는 듯하던 선일 씨가 황당한 말을 꺼냈다.

"그럼, 밤에는 엄마가 유영이 완전히 책임져. 우린 우리 방에서 잘 테니까."

기가 막혔다.

"유영이 젖은 어쩌게?"

푼수 같은 선일 씨가 되물었다.

"밤에도 먹어?"

시모가 말했다.

"요즘 분유 좋은 것 많다더라."

"그래두…… 뭐니뭐니해도 모유가 최고라는데……."

"내키지 않으면 니 젖 받아놓든지. 냉장고에 뒀다 데워주면 되니까."

"미리 받아뒀다가 먹이는 것도 좀 그렇잖아요. ……아무래도 갓 빨아 먹는 것만 하겠어요?"

"그래도 어미 될 자격은 있구나. 요즘 젊은 것들, 몸매 어쩌고 하면서 낳자마자 분유 먹이는 게 태반이라던데."

"그러니까 어머님……."

"걱정 마라. 정자도 냉동시켰다가 써먹는 세상인데, 그깟 젖병쯤 냉장고 도움 못 받겠냐?"

무슨 논리인지 언뜻 이해되진 않았지만, 암튼 유영이를 내어주지 않겠다는 그녀의 의지만은 확실히 느껴졌다.

＊

일단 유영이를 두고 2층에 올라왔다. 그리고 성질을 부렸다.

"선일 씨. 이게 뭐야, 우리 유영이를 밤새도록 어머님한테 맡기라고?"

"걱정 마. 엄마가 우리보다 아기 더 잘 키워. 경험자잖아."

"아니, 싫어, 안 내켜. 차라리 나도 어머님 방에서 잘래."

“뭐? 진짜?”

“바닥에 요 하나 깔고 자면 되지 뭐.”

“에이 모란 씨. 그러지 말자. 엄마한테 유영이랑 단둘이 있는 시간 좀 주는 것도 나쁘지 않잖아. 어차피 엄마 요즘 수면제도 안 먹고 밤잠 설치나 본데……”

“……”

“엄마 성격이 좀 깐깐해? 우리 유영이 깔끔하게 잘 봐줄 거야. 나 보면 몰라? 나! 우리 엄마가 키워낸 걸작이잖아. 크크크……”

“쳇.”

“그리고 말야. 우리, 좀 더 신혼 기분 즐기자. 우리 둘만의 밤을…… <u>ㅎㅎㅎ</u>……”

“뭐? 철 좀 들어, 철 좀.”

“<u>크ㅎㅎㅎ</u>……”

“어휴.”

“암튼…… 유영이랑 엄마는 상부상조야. 무슨 말인 줄 알지? 그러니까 우리 백모란 마나님께선 밤에 푹 자고 당분간 산후조리에만 신경 써. 산후조리 잘못 하면 나중에 여기저기 아프다니까. 알았지?”

“……”

어찌어찌하다 설득 당하고 말았다.

＊

밤 열한 시.
잠든 유영이를 눕히고 젖병에 젖을 짜냈다.
그리고…… 뜨뜻미지근한 그것을 시모에게 건넸다.

＊

선일 씨와 실로 오랜만에 함께 누웠다.
그가 평평해진 내 배를 쓰다듬으며 말한다.
"이렇게 있으니까 꼭 신혼 때로 돌아온 것 같다, 그치?"
나는 돌아누웠다.
"신혼은 무슨."
"모란 씨. 어때, 내친김에 우리 오늘, 유영이 동생 만들어
볼까?"
나는 엉겨 붙는 그를 밀쳐냈다.
"미쳤어. 암튼."

바로 아래층에 시모가 있다.

그의 손길이 달가울 리 없다.

그나저나…… 이러다 완전히 섹스리스가 되는 건 아닌지 모르겠다. 어떨 땐 부부 사이에 감정의 골보다 섹스의 골이 더 깊을 수도 있다던데, 일단 골이 패이면 짐승남이나 색녀가 아닌 한 그 골을 메워내기 힘들다던데, 그리되면 그야말로 부부라기보다 동거인이 되어버리는 건데…….

……!

잠결에 돌아눕다가 웬 인기척에 소스라치게 놀랐다.

다름 아닌 시모.

벌떡 일어나려는 반사신경을 억누르며 숨을 죽였다. 가만 보고 있자니 자는 선일 씨의 이불을 고쳐 덮어주며 다독이고 그의 뺨을 쓰다듬는다. 그리고 그의 이마에 입술까지 갖다 댄다. 나는 '헙' 하니 숨을 들이쉬었다.

그녀가 살그머니 방을 나가고, 한껏 들이쉰 숨을 겨우 내뱉으며 나는 일어나 앉았다. 새벽 두 시.

……그래, 다독이든 쓰다듬든 뽀뽀를 하든 그거야 자기 아들이니 그럴 수 있다 치자. 하지만…… 한밤중에 아들 며

느리 방에 들어오는 건 아무리 생각해도 상식 위반이다.

딱히 뭐라 표현하기 힘든 짜증으로 머리를 떨치며 일어섰다. 그리고 '딸깍' 소리를 크게 내며 방문을 잠갔다. 다시 자리에 누웠다.

……한참을 뒤척이다 결국 또다시 일어나 앉았다.

침실을 나왔다.

소파에 잠깐 기댔다가 휴대폰을 들고 아기 놀이방으로 들어왔다. 그리고 폭신한 매트에 퍼질러 앉아 단축번호, 8을 꾸욱 눌렀다.

"여보세요."

"문 선생님, 주무셨어요?"

"아니, 아니요. 괜찮아요."

발음이 어눌한 것이 아무래도 꽤 취한 모양이다.

"술, 너무 한 거 아니에요?"

"아뇨, 막걸리 세 병밖에 안 마셨는데. ……근데 이 시간에 어떻……."

"……그게……."

어쩐지 방금 있었던 일을, 그 기분을 말로 표현해내기는 힘들었다.

"……딱히 무슨 일이 있다기보다…… 그냥……."

“흐음…… 스트레스? 푸핫. 나도 요즘 스트레스 만땅인데
……우리 같이 도망칠래요?”

……도망?
그가 내놓은 한 단어가 꽤나 신선한 느낌으로 내 달팽이
관을 자극했다.

“그나저나, 뭐예요? 24개나 되는 부적들이 아무 효력도
없고.”
……언제부터인가…… 나도 그에게 꽤나 편한 말투를 쓰
고 있다.
“엥? 그럴 리가. 그 부적, 화장실에 걸어두긴 했어요?”
“아니, 아직…….”
“그러니 그렇죠. 당장 화장실마다 휴지 갈아 끼우세요. 그
리고 되도록 각티슈 대신 말이휴지 쓰고…….”
“피이. 제발 그만 좀 웃겨요.”
“으허허허…….”

그의 웃음소리를 듣다 보니 기분이 그나마 나아졌다.
“그럼 주무세요. 너무 늦게 전화해서 미안해요.”
통화를 마무리하려는 날 그가 붙잡는다.

“저기, 잠깐만요.”

“네?”

“실은 나도 고민이 하나 있는데.”

“무슨……?”

“나, 큰일 났어요. 또 결혼하고 싶어져서리.”

“어, 좋은 사람 만난 거예요?”

“그게 그러니까…….”

“……?”

“저기…….”

“중국사람?”

“내 참. 그런 거라면 이렇게 서둘러 짐 싸들고 왔겠어요?”

“……가만, 결혼은 미친 짓이라며요, 다시 미치고 싶은 거
예요? 나 미친 짓 하고 있는 거 보면서도 그런 말이 나와
요?”

내 진담 섞인 농담에도 아랑곳없이 그는 여전히 맹맹하고
진지한 목소리로 말했다.

“그래요, 그런지도……. 그치만, 미친 짓 두 번도 했는데
세 번이라고 못 하겠어요? ……게다가 이런 느낌은 처음인
데…….”

“혹시 짝사랑?”

“…….”

전화기 너머로 그의 고개 끄덕이는 소리가 들리는 듯
했다.

왠지 짜증이 났다. 뭐랄까…… 남자친구가 바람피우는 걸
알게 된 듯한, 형체도 없는, 알궂고 묘한 배신감…….

마음에도 없는 조언을 했다.

"빙빙 맴돌지 말고 정면을 뚫어요. 무슨 남자가 그리 용기
가 없대요?"

"거시기 그게……."

"네?"

"……하필 ……유부녀라."

"뭐라구요? ……내 참. 그럼 금방 한 말, 취소할게요. 차라
리 빙빙 맴도는 게 훨 낫겠네……."

"역시…… 그렇죠? 그냥 한 번씩 볼 수 있는 걸로 만족하
는 게, 그게 행복해지는 지름길이겠죠?"

"그거야……."

"근데요, 모란 씨. 세상에 아무리 노력해도 안 되는 게 뭔
지 알아요?"

"……?"

"그건…… 그건 말이죠. 바로 내 감정, 내 마음이에요.
……상대방 감정이나 마음이야 내가 어떤 행동을 보이냐에

294

따라 어떻게든 바뀔 가능성이라도 있는 거지만.”

“하긴.”

“아무리 접으려 해도 접히지 않고…….”

“…….”

“좋아도 좋아하는 내색조차 못하는 거, 이거 참 미치겠구만요. 내가 원래 이런 성격이 아닌데 말이죠. 푸허허허…….”

나는 힘없이 웃고 있는 그에게 다시 농담을 건넸다.

“그 유부녀, 혹시 나?”

잠깐의 시간차를 두고, 그는 내 농담을 커다란 목소리로 받아쳤다. 마치 퀴즈프로 MC라도 되는 양.

“네에! 정답입니다!! 백모란, 그녀가 바로 그 눈치 없는 여인이죠.”

나는 깔깔거렸다. 취기가 오를 대로 오른 그의 말투가 하도 우스워서…….

그나저나…… 결혼이라…….

결혼이란 단어에
왠지…… 나도 모르게…… 한숨이 나온다…….

유영이 뺨에 살이 통통하게 오르고, 그단새 시모의 얼굴에도 화색이 돌기 시작했다.

＊

유영이 기저귀를 갈고 있는 내 등 뒤로 시모의 건조한 목소리가 둔탁하게 꽂혔다.

"니들, 집 정리 안 하니? 왜 여태 이삿짐들이 안 들어와?"

"그게……."

"쓸데없이 집 놀리지 말고, 빨리 전세금 빼서 정리해라. 버릴 건 미련 없이 버리고."

— 일 년만 있다 다시 들어갈 건데요 뭐. 괜히 왔다 갔다 하면서 짐물들만 다 상하게요.

❋

“너, 저 방에 좀 들어가 있어라.”

시모가 구석에 있는 황토방을 가리켰다.

“……?”

“애 낳고 나면 몸을 좀 지져야 해.”

“저, 원래 사우나나 찜질방 같은 거 안 즐겨서요.”

“말 들어. 한여름에도 군불 때가며 몸을 지지는데…… 보일러 세게 올리고 뜨끈하게 들어가 있어라.”

바깥바람이나 좀 쐬고 싶었던 나는 시모의 자상한 강요에 못 이겨 황토방으로 들어갔다. 그리고 한 이십 분 정도 누워 있다가 쌕쌕거리며 나왔다.

황토방의 위력은 대단했다. 온몸이 다 젖고 뼛속까지 노곤노곤하다.

❋

2층에 올라왔다.

욕실.

몸에 달라붙은 젖은 속옷을 떼어내고 샤워 부스에 들어섰

다. ……어지럽다. 시모의 마음 씀은 고마우나 그녀의 산후
조리 방식이 아무래도 내겐 맞지 않는 것 같다.

　앗, 차거!
　머리에 샴푸 거품을 가득 내고 샤워기 물을 트는데 갑자
기 찬물이 쏟아진다. 순간, 온몸에 가시 같은 소름이 돋았
다. 찬물로 샤워하기에는 상당히 이른 절기. 다시 더운물이
나오길 바라며 잠시 바들바들 기다렸다.

　더운물은 나오지 않고 머리에서 흘러내리는 샴푸 물에 눈
만 따갑다.
　보일러 고장인가?
　하는 수 없이 찬물에 얼굴만 대충 헹궜다.
　수건으로 머리를 싸매고 바스로브를 걸치며 욕실에서 나
왔다. 그리고 바르르 떨리는 몸을 헤어드라이어로 녹인다.
대충 한기가 가실 즈음 방 밖으로 나가 보일러를 살폈다.
　어? ……어찌된 거지.
　보일러가 꺼져 있다. ……버튼을 누르니 정상 작동한다.

　일단, 하다 만 샤워를 마저 하러 욕실에 들어갔다. 샤워기
로부터 쏟아져 내리는, 김이 모락모락 나는, 따뜻한 더운물

에 온몸을 맡겼다.

아줌마는 아까 마트 갔고……

……시모의 장난인가?

설마 또 시작인 걸까……

혹시 아까…… 그 불가마 같았던 황토방 온도도?

얼핏, 지난 초여름에 겪었던 그 일들이 필름처럼 머리를 스친다.

✳

감기로 무지하게 고생했다.

행여 유영이한테 옮길까 거의 격리 상태로 며칠을 보냈다.

✳

오늘따라 잠이 안 온다. 살짝 뒤척이고 있는데 아래층에서 유영이 우는 소리가 들리는 듯했다.

가운 하나 걸치고 내려갔다.

시모가 유영이를 달래고 있었다.

"어이구, 우리 유영이 착하지, 그래 그래……."

유영이의 울음은 이내 잦아들었고 시모의 깔깔대는 소리가 들렸다.

"애고, 이 녀석아. 간지럽다, 간지러……."

안방 문을 열고 빼꼼 들여다보았다. 시모가 유영이에게 젖을 물리고 있었다.

방문 소리에 나를 쳐다보는 시모의 얼굴에 언뜻 민망함이 스쳤지만 그녀는 이내 방패를 둘렀다.

"뭘 그리 보고 있어? 고무꼭지 빨게 하는 것보다 백배 낫잖냐."

하긴. 그렇다.

"네에……."

하지만…… 내 성깔머리가 더러워 그런지, 뭐랄까…… 왠지…… 그리 유쾌한 장면은 아니었다.

＊

선일 씨 출근 돕고 유영이 젖 먹이고 잠시 누웠다가 깜박 잠이 들었나 보다. 시계를 보니 벌써 열한 시. 유영이 젖 물릴 때도 됐는데…….

아래층으로 내려가는데 안방이 가까워질 즈음 시모의 도란대는 소리가 자근자근 들려왔다.

"아유, 우리 유영인 어쩜 이리 깎아놓은 듯 예쁠까. 아주 그냥 이뻐죽겠네. ……그래, 니 아빠 닮아서 정말 다행이다, 그치? 그리고 말이야. 사실은 이 엄마가 왕년에 미스코리아 출신이걸랑? 그러고 보면 너나 니 아빠나 다 내 유전자 덕을 본 거야. 호호호……. 그래, 유영아. 엄만 우리 유영이가 세상에서 제일 이뻐, 너무너무 사랑한다구. 유영이도 엄마 많이 사랑하지?"

……엄마?

아무래도 날 지칭하는 것 같지는 않다.

'할머니' 라는 단어가 싫은 걸까. 내가 '아줌마' 라 불리길 싫어하듯이.

머릿속으로는 이해할 것도 같으면서 이 또한 유쾌하지는 않다.

✳

잠자리에 들려는데 목이 깔깔하다. 선일 씨 작업실 문을 열고 컴퓨터 앞에 앉은 그에게 말했다.

"선일 씨, 우리 맥주 한 잔씩 할까?"
"조오치!"

　시원한 맥주를 가지러 1층으로 내려왔다. 안방에선 아무 소리도 들리지 않았다. 유영이가 잘 자고 있나 보다.
　캔맥주 두 개랑 땅콩 한 접시를 쟁반에 받쳐 들고 다시 2층으로 올라가려는데, 안방에서 두런두런 시모의 목소리가 새어나왔다. 무슨 주문이라도 외는 듯한 억양…….
　문틈에 바짝 귀를 들이댔다.
　"유영아. 난 말이야. 네 엄마가 정말 싫다. 마음에 안 들어. 젓가락 오르내리는 것조차 보기 싫을 만큼. ……네 아빠가 끼고 사는 여자니, 그리고 이젠 유영이 너까지 낳았으니 어쩔 수 없이 가족으로 대하긴 한다만…… 아무리 곱게 보려 해도 그게 잘 안 돼. 뭘 해도 얄미운 구석부터 눈에 띄고. 정말 못 할 노릇이구나. ……그러고 보니 이제 곧 일 년이네. 네 아빠 엄마가 어디 도망가서 멋대로 결혼하고 온 것도. ……후유…… 일 년이면 될 줄 알았는데, 그 정도면 다시 이쪽을 보려니 했는데, 근데 어째 이리 더딘지…… 미련하고 둔한 녀석 같으니라고. 대체 네 아빠 니 엄마 어디가 그렇게 좋다니. 똑똑하던 녀석이 장가가고 나선 팔푼이가 다 돼버렸어."

시모는 한참을 쯧쯧거렸고 그 소리를 들으며 나는 말 못
할 불쾌감과 적당한 우월감을 함께 느꼈다.

"차라리 네 아빠도 대충 일이 년 살다가 서류에 도장 찍어
버리고, 니 엄마 고이고이 떠나보내고, 그렇게 우리 세 식구
오순도순 살면 좋겠다, 그치?"

……허!

생각만 해도 좋았는지 그녀는 한참을 호호거리며 웃었다.
나는 문을 열어젖히고 싶은 충동을 억누르느라 안간힘을 썼다.

"사실…… 내가 죽거나 할 때 말이다. 내가 평생…… 사람
들 곱지 않은 시선 견뎌가며 쌓아온 재산, 그게 고스란히 네
엄마 방석 밑으로 들어갈 걸 생각하면 잠이 다 안 와. 결국
은 내 아들도 내 재산도 전부 네 엄마한테 기부하는 꼴밖에
더 돼? 정말 환장할 노릇이지…… 난 니 엄마 나이에 어린
네 아빠 키우느라 갖은 일을 다 했단다. 내 젊음을, 내 자존
심을 고스란히 담아서 빚어낸 게 니 아빠였다구. 근데 어디
서 갑자기 족제비 한 마리가 튀어나와서는…… 유영아, 넌
내 거야. 내 아들이라구. 난 널 뺏을 거야, 니 엄마가 내 아들
을 낚아채버렸듯. 얼마나 공들여 키운 내 아들인데…… 뺏
긴 게 있으면 차지하는 것도 있어야지, 안 그래? ……그러고
보면 네 엄마는 아직 너한테 뭐 하나 제대로 정성 들인 것도
없네, 그치? 그리고 유영이 너도 참 잘생겼지만 솔직히 우리

선일이, 네 아빠만큼은 아니고. ……뭐 이래저래 손해 보는 느낌이 좀 들긴 하지만 그래도 어쩌겠냐. ……후우…… 암튼 명심해라. 유영이 넌 내 거야, 내 아들. 너한테 애미는 당분간 나뿐이다. 알겠니? 최소한 네 아빠가 다시 내 무릎을 베고 누울 때까지, 발톱 깎아달라며 발을 들이밀 때까지, 샤워하다 등 밀어달라고 부를 때까지, 네 엄마를 지겨워할 때까지, 결혼을 후회할 때가지……."

……히야!

세상의 모든 시모들이 크건 작건 아들을 앗아간 며느리에게 박탈감과 시기, 질투의 감정을 느낀다고 했다. 시모의 심리를 어느 정도 이해할 수도 있다. 하지만 너무나 노골적인 그녀의 표현법에 나는 머리가 찌릿해왔다.

생각 같아서는 당장이라도 들어가 유영이를 안고 나오고 싶었지만 꾹 눌러 참았다.

뺏는다 해서 뺏길 리도 없지만…….

그치만…….

애기들이 말은 못 해도 다 알아듣는다던데…….

선일 씨와 함께 맥주 몇 모금을 마시고 땅콩을 까먹으면서도 내 귀는 계속 먹먹하고 가려웠다.

잠깐 바람 좀 쐬러 밖으로 나왔다.

동네 한 바퀴 돌고 다시 들어가는 길, 모퉁이에 웬 상자 하나가 눈에 띄었다. 상자에는 '저 좀 데려가 주세요' 라는 글이 큼지막하게 씌어 있다. 다가가서 가만 들여다보니 복슬복슬한 털로 뒤덮인 새끼강아지 한 마리가 들어 있었다. 상자 구석 쪽으로 웅크리고 있다가 한 번씩 꼬물거린다. 살짝 안아보니 눈코입이 동글동글 새까만 게 앙증맞고 예쁘고 귀엽고 애처롭고 가엾고, 뭐라 표현하기 힘들다. 4월, 봄이라고는 해도 여전히 밤바람은 차갑다. 여기 그냥 둘 수 없다. 자그마한 생명을 안고 걸음을 떼려는데,

"아줌마. 그 강아지, 저 주세요."

돌아보니 한 열 살쯤 되어 보이는 사내아이가 서 있었다. 아이의 두 눈이 내 품에 안겨 있는 강아지에 꽂혀 있다.

"데려가게? 키울 거야?"

아이는 고개를 끄덕인다.

“그래? 그럼……”

아, 아니지, 아니다.

아이에게 뻗으려던 팔을 다시 굽혔다.

만약 이 아이의 부모가 반대한다면, 그래서 손에서 손으로 오가다 결국 다시 버려지게 된다면…… 여기저기 옮겨다닌 강아지는 매번 바뀌는 환경적응의 스트레스와 각 가정의 훈련 불일치로 점점 키우기 힘든 버릇들이 생겨난다고 하지 않는가. ……그래, 어린아이에게 어린 생명을 맡기는 것처럼 무책임하고 위험한 짓은 없다.

나는 고개를 저으며 말꼬리를 바꿨다.

“저기, 미안한데, 이 강아지는 아줌……, 아니, 이 누나가 꼭 데려가야 하거든…….”

아이의 서운한 눈빛을 뒤로한 채 나는 걸음을 서둘렀다.

나는 일단 이 몽글몽글한, 너무나 가벼워 마치 작은 털뭉치 같은 녀석을 근처 동물병원으로 데려갔다. 시추라고 했다. 혈액검사를 해보니 예상대로 예방접종이 전혀 안 된 상태. 목욕을 간단히 시킨 후, 필요한 주사를 맞혔다. 그리고 사료랑 캔을 사 들고 돌아왔다.

✳

유영이를 안고 있던 시모가 강아지를 품고 들어서는 날 보더니 한쪽 눈썹을 치켜 올리며 물어왔다.

"그거, 뭐냐?"

"저…… 버려져 있어서……."

"뭐?"

"……불쌍하잖아요."

"얘가 지금 무슨 소릴 하는 거야? 내다 버려라. 더럽게……."

"목욕시켜서 왔어요. 접종도 했고……."

"내가 지금 그걸 말하니? 털 날리는 거며 똥오줌 관리며 또 냄새는 어떻게 할 거야? 난 질색이다. 당장 내다놓든지 누구 줘버리든지 해라."

시모는 방문을 쾅 닫고 들어가 버렸다.

……무슨 저런…… 인정머리 없는…….

✳

나는 강아지를 2층으로 안고 올라와 방석으로 자리를 만들고 캔에 섞은 사료를 먹였다. 녀석, 배가 많이 고팠었나

보다. 어찌나 잘 먹는지…….

그나저나 시모가 저러니, 어쩌지…… 친정에 맡길까…….

휴대폰을 집어 들고 친정번호를 누르려는 순간, 문현준으로부터 전화가 들어왔다.

"모란 씨. 뭐해요?"

"그게…… 새끼강아지를 한 마리 주웠는데…… 데리고 왔더니 시어머니가 눈에 불을 켜서…….."

"그래요? 그럼 나한테 줘요. 안 그래도 한 마리 살까 했는데…….."

"문 선생님은 집 비우는 시간이 너무 길잖아요. 애 혼자 놔둬서 어쩌려고, 아직 많이 어린데."

"아뇨. 낮에 아줌마 와요. 지금 이틀에 한 번인데 앞으로 매일 오라 그러죠 뭐. 시간도 좀 늘리고."

"그러면…… 음…… 키워본 적은 있어요?"

"그럼요. 암튼 나 줘요. 저녁이나 주말이면 무료해서 미치겠는데…….."

"그럼…… 확실히 책임질 수 있는 거죠? 믿어도 되는 거죠?"

"걱정 말고 맡겨요. 잘 키울 테니. ……근데 견종은요?"

"시추라네요."

“크. 딱 내 취향이구먼.”

“아직 어려서 많이 잘 테니까 낮엔 케이지에 넣어두는 게 더 안전할 수도 있을 거예요.”

“알았어요. 당장 케이지 하나 사죠 뭐.”

“그리고 화장실 가리는 건…….”

“아, 그 아줌마, 참 잔소리 많으시네.”

“뭐, 라구요?”

“히힛. 아니, 그러니까 그냥 믿어도 된다구요.”

“그럼 내일…….”

“내일은 무슨, 그냥 오늘 봐요. 어떤 녀석인지 궁금해 죽겠구만. 퇴근해서 바로 그쪽으로 갈게요. 일곱 시 반쯤!”

✳

“우왓! 진짜 귀엽당, 인형 같네. 으히히히.”

“너무 주물럭거리지 마요. 애, 몸살 나니까.”

그의 두터운 손에 강아지와 사료봉투를 넘겨주고 들어왔다.

오늘 하룻밤, 고 이쁜 녀석을 보들보들 품고 자려나 싶었는데 내심 상당히 서운하다.

일요일.

선일 씨가 메밀국수를 원했다. 여름도 아닌데…….

시모와 선일 씨에게 유영이를 맡겨두고 나는 아줌마와 함께 장을 만들고 메밀국수를 삶았다.

국수 놓는 발을 찾느라 여기저기 뒤졌다.

아줌마가 말한다.

"아, 새댁. 저쪽 모퉁이."

나는 모퉁이 선반을 열었다.

……?

웬 분유통이 들어 있다. 꺼내보니 새것은 아니고, 벌써 반 이상 줄어 있다.

……내 참…… 기막혀서…….

이건 단순히 모유, 분유의 문제가 아니다. 그 이면에 깔려 있는, 시모의 찜찜하기 짝이 없는 의도가 불쾌해서 견딜 수가 없다.

분유통을 들고 거실로 나왔다. 그리고 신경질이 가득 담긴 목소리로 시모에게 물었다.

"어머님, 이게 뭐예요?"

조금 당황한 듯 시모가 말을 더듬었다.

"바, 밤에…… 유영이…….."

나는 히스테리가 극에 달했다.

"밤에요? 밤에, 유영이가 뭘요?"

"……."

"제가 밤마다 젖병 채워드렸잖아요. 그거 밤마다 데워 준다더니…… 근데 이건 도대체 뭐냐구요!"

"그게…… 몇 시간씩 놔두면 혹시 상할까봐."

"그래서 버리셨어요? 냉장고에 넣어두면 아무 탈 없다고 했던 건 어머님 아니세요?"

"저기…… 요즘은 모유보다 분유가 영양도 많고…….."

나는 시모의 말을 끊었다.

"유영이, 오늘부터 제가 데리고 자요."

시모 품에 안겨 있던 유영이를 억지로 뺏어 안고 2층으로 올라왔다. 아무 말도 못하고 두 여자의 얼굴만 번갈아 쳐다보던 선일 씨도 따라 올라왔다.

"저기, 모란 씨…….."

“아무 말도 하지 마. 나 그동안 불쾌했던 게 한두 가지가 아니라구.”

“엄마가 지금 정상이 아니잖아.”

“이건 정상, 비정상으로 판단할 문제가 아냐. 작년엔 어디 비정상이라서 나한테 그랬대? 모르면 암말 마라니까!”

“……”

“나, 유영이 데리고 친정에 갈래. 선일 씬 선일 씨 엄마나 챙겨. 난 내 아들 챙길 테니까.”

“정말 왜 이래, 그런 말이 어딨어? 그렇게 나랑 떨어져 살고 싶어?”

“그런 말이 아니잖아. 억지 부리지 마.”

잠시 후, 그가 다시 말을 꺼냈다.

“그럼, 이건 어떨까. 밤엔 우리가 데리고 자고 낮엔 엄마 방에서 같이 키우는 걸로. 병원 가서 엄마 저녁약 좀 조절해 달라 그럴게. 밤에 좀 더 깊이 잘 수 있도록.”

“진작 좀 그렇게 밀어붙이지! 쓸데없이 물러 터져가지곤.”

“아니, 난 애기가 엄마 증상에 좋대서…….”

“우리 유영이가 어머님 치료제야?”

“상부상조라고 했잖아. 알면서 자꾸 왜 그래. ……그리고…… 모란 씨, 오늘은 너무 심했어. 아줌마도 있는 앞에서 엄마한테 꼭 그렇게까지 해야만 했어?"

"뭐?"

"앞으론 이런 식으로 엄마 자극하지 않았으면 좋겠어. 부탁할게."

살짝 가라앉았던 화가 다시 돋았다.

"뭐야? 자극?"

"엄마, 아직 약 먹고 있잖아."

"그래, 자극이라 치자. 그치만 내가 어머님 자극할 수밖에 없었던 이유는 생각 안 해? 먼저 자극하는 건 매번 당신 엄마란 말야!"

"아니, 그게……."

"그만해, 됐어. 꼴 보기 싫으니까 당신은 당신 엄마한테나 내려가 봐!"

*

유영이 침대를 2층으로 옮겼다.

선일 씨는 아무 말도 않고 있는 시모에게 달래듯 말한다.

"엄마, 낮에 실컷 데리고 놀면 되잖아. 수면제 가진 거 있지? 오늘부턴 그냥 편하게 자."

"……."

"참, 엄마. 내일 병원 가자. 가서, 원장님한테 저녁 약 조금 순하게 다시 처방해 달라 그러자구. 그동안 약이 세서 수면제 빼고 먹었댔잖아."

시모가 중얼거렸다.

"병신 같은 놈……."

*

딸깍. 소리에 잠을 깼다.

……!

유영이가 없다.

방문 잠그는 걸 깜박했나 보다.

벌떡 일어나 밖으로 나갔다.

……!!

하마터면 기절할 뻔했다. 머리를 풀어헤친 시모가 유영이를 안고 베란다에 서 있다. 들이치는 바람에 커튼도 스산하게 펄럭인다.

나는 목소리를 쥐어짰다.

"유영…… 아, 아니, 어머님……."

"……."

대답이 없다. 돌아보지도 않는다.

"저기, 어머님……."

갑자기 유영이가 보채기 시작했다. 나도 베란다로 발을 내디뎠다.

"어머님…… 이리 주세요. 보채잖아요. 젖 좀 물리게……."

그녀는 날 흘낏 돌아보며 찢어지는 목소리로 말했다.

"유영인 내 거야!"

희미한 정원 등에 반사되는 그녀의 눈빛이 섬뜩하다. 나는 본능적으로 위험을 감지했다. 잘못했다간 유영이랑 같이 추락할지도 모른다. 2층이라 해도 결코 만만한 높이는 아니다.

다시 한발 물러섰다.

"네. 그래요, 맞아요, 어머님 아기."

"……."

"밤공기가 차요. 제발 그만 들어오세요."

그녀는 마치 큰 인심이라도 쓰는 듯 베란다에서 쓱 들어오더니 울어대는 유영이를 꼭 안은 채 곧바로 1층으로 내려갔다. 놀란 가슴을 쓸어내리며 나도 따라 내려갔다.

"뭣 하러 내려와."

"저, 유영이 젖 좀 주게……."

내 말은 듣는 둥 마는 둥 보채고 울어대는 유영이를 안고 혼잣말을 한다.

"흥! 애기침대, 그딴 것 없으면 못 키울 줄 아나 보지. 나쁜 것들……."

난 좀 더 큰 소리로 말했다.

"어머님. 유영이 배고픈가 봐요."

시모는 그제야 유영이를 내게 안겼다.

배불리 젖을 빤 유영이가 새근새근 잠이 들었다.

그새 침대 위에 베개랑 쿠션 등으로 튼튼한 울타리를 만들어놓은 시모는 내게서 유영이를 낚아채듯 안아 올려 그 울 속에 얌전히 눕혔다. 그리고 멍청히 서 있는 날 귀찮아했다.

"안 올라가?"

"아, 예……."

"나가래도."

날 올려보는 눈초리에 얼핏 살기가 서려 있다.

"……그럼…… 편히 주무세요."

잠시 스쳐 지나간 상황들에 뒤척뒤척, 꼬박 밤을 샜다.

※

선일 씨가 일어났다.

그는 비어 있는 유영이 침대를 보고는 내게 물었다.

"모란 씨. 유영이는?"

짜증스레 대답했다.

"뻔한 걸 왜 물어."

"어떻게 된 거야?"

"어찌되긴. 당신 엄마한테나 물어봐."

"……"

밤새 다시 마음이 바뀐 나는 출근 준비를 하는 그에게 통보했다.

"선일 씨."

"응?"

"나, 오늘 유영이 데리고 엄마한테 갈 거야."

"저기, 모란 씨……"

"아무리 생각해도 안 되겠어. 아무래도 이건 아닌 것 같애."

"도대체 밤새 무슨 일이 있었던 거야?"

"됐어, 그만."

＊

드디어 시모의 낮잠 타임.

우선 가방이랑 바바리를 현관에 내놓았다. 그리고 살금살
금 안방으로 들어가 곤히 잠든 시모 곁에 말똥거리고 있는
유영이를 보쌈이라도 하듯 패드째 안아 올렸다.

아줌마는 다용도실에 나가 있나 보다.

마치 도둑고양이라도 된 듯 잰걸음으로 시댁을 빠져나
왔다.

친정으로 왔다.

"아니, 모란아. 어떻게 된 거야? 얼굴은 또 왜 그렇고……."
"잠을 좀 못 잤어."
"유영이, 밤낮이 바뀐 거니?"
"아니. 그런 건 아니고…… 암튼 당분간 여기 있을려구."

*

전화가 끊임없이 울린다.
시모다.
받지 않았다.
수신거부로 돌려버렸다.

이번엔 선일 씨 전화.

"모란 씨. 잘 들어갔어?"

"응."

"엄마한테 전화 왔었지……."

"안 받았어."

"그래…… 우리, 점심이나 같이 먹을까."

"그러지 뭐."

✼

파스타를 먹고,

아이스크림을 앞에 두고,

드디어 그가 본론을 꺼냈다.

"근데, 모란 씨. 앞으로 어떻게 할 거야."

"어떻게 하긴. 당분간 친정에 있을래."

"그 '당분간'이 지나면?"

"응?"

"그러니까, 그 '당분간'이란 게 대체 언제까지를 말하는
거냐구."

"모르겠어. 암튼……."

"정말 이렇게 이산가족으로 살고 싶어?"

"또 그 말이야? 정말 왜 이래, 선일 씨. 지난번에 두어 달 떨어져 산 건 어디까지나 어머님 정신건강 문제였잖아. 내 탓이 아니라구. 이번에도 따지고 보면 어머님 탓 아냐? 왜 그걸 나한테 물어?"

"아니, 그런 말이 아니라……."

"그리고 이산가족은 무슨 이산가족이야? 한 번씩 들러서 밥도 먹고 유영이랑 놀다 가면 되잖아."

"내 참."

"그리고, 말 나온 김에 하는 말이지만, 요즘 어머님 식사도 잘 하시고 예전이랑 별다를 바 없는 것 같던데 꼭 그렇게 같이 있어야 해?"

"아마 약발일 거야. ……홧김에 약 끊어버리면 그것도 문제고…… 또……."

"또 뭐?"

"엄마가 은근히 충동적이잖아. 밤에 혼자 있다가 혹시 뭔 일이라도 낼까봐……."

언뜻, 머리를 풀어헤친 채 베란다에 서 있던 그녀의 모습이 스쳤다.

"쳇."

"……거 왜, 밤에 혼자 깨어 있을 때 집에 누가 있고 없음은 확실히 느낌이 다르잖아."

또 언뜻, 선일 씨를 매만지고 입 맞추던 그녀의 실루엣이 스쳤다.

"차라리 '합방'을 하지 그래. 2층 오르내릴 수고도 없앨 겸."

"응?"

"아냐, 아무것도."

"그나저나 '계획'을 좀 세워야겠다."

"……?"

"으음…… 우리 이렇게 하자. 일단 나는 엄마가 약 끊고 괜찮아질 때까지 엄마 집에서 '하숙'을 좀 할 테니까, 모란 씨는 그동안 친정에서 유영이를 키워. 그리고 내 하숙이 끝 나면 모란 씨도 친정생활 끝내고 다시 우리 집으로 돌아가 는 거야, 셋이서. 어때?"

나는 건성건성 고개를 끄덕였다.

"참, 그때까진 내가 매일 12시쯤 유영이 보러 들를게. 예 전에 모란 씨 만삭이었을 때처럼."

"그래, 그러든지."

"암튼 내일부터 갈 테니까 점심 맛있게 해줘. 알았지?"

"그래. 엄마한테 얘기해둘게. ……참, 선일 씨. 혹시…… 우리 친정 주소, 어머님 알고 계셔?"

"아마 모를걸."

하긴. 알고 있다 하더라도 찾아오거나 하는 일은 없을 거
다. 보통 자존심이 아니니까.

"아 참, 중요한 약속 있었는데."
그는 일어섰다. 그리고 싱긋 웃으며 커다랗게 한숨을 내
쉰다.
"에휴…… 그나저나…… 또 송곳 휘어지게 생겼네."
"뭐?"
"허벅지 남아날 틈이 없다구. 히힛."
"훗. 난 또."
"가자, 데려다줄게."
"아냐. 난 좀 걷고 싶네."

*

홍대 앞.
오랜만에 세상과 접촉하는 듯한 느낌…….

봄…….
바람이 향긋하다.

밤늦게 그로부터 전화가 왔다.

“응. 선일 씨.”

“안 잤어?”

“이제 막 자려구. 근데, 어머님 뭐라셔?”

“뭐라긴. 대충 짐작 갈 거 아냐. ……그나저나 저러다 화병 나는 건 아닐지 모르겠어. 아까 보니까 신경안정제를 몇 알이나 먹는 것 같던데…….”

“……한 번씩…… 보여드리긴 해야 할까? ……그럼…… 주말엔 선일 씨가 데리고…….”

그는 내 말을 끊었다.

“아냐, 됐어. 한 번 안으면 절대 안 놔줄 텐데. 그냥 신경 끄고 있어. 내가 다 알아서 할 테니까.”

“흥. 만날 자기가 다 알아서 한대. 이번엔 또 어쩔 셈이야?”

“일단 매일 사진 찍어서 보여주고…….”

“사진 보려 하시겠어? 내가 어머님이라도 안 보겠구만. ……그리고?”

“그리고…… 음…… 좀 더 생각해봐야지 뭐. 헤헤.”

“웃음이 나와?”

"그럼, 울까?"

정말 대책 없다. 매사에 지나치게 긍정적이고 낙관적인 태도가 오늘따라 정말 마음에 안 든다.

＊

유영이 보채는 소리에 잠을 깼다.

새벽 한 시.

가슴에 안고 젖을 물렸다. 젖꼭지를 입에 넣고 오물거리는 빨지르한 핑크빛 입술이 얼마나 이쁜지…… '눈에 넣어도 안 아플 자식'이란 말을 이제는 조금 알 것도 같다.

＊

지난밤엔 몇 번을 깼는지 모르겠다.

실컷 재워놓으면 얼마 안 돼서 또 울고 또 보채고…….

거울을 보니 몰골이 말이 아니다. 병든 닭처럼 눈꺼풀이 풀려 있다.

하지만…… 신기하게도 곤하다는 생각이 안 든다.

※

— 어때요? 힘들지 않아요?

문현준의 문자가 떴다.

— 다시 분가했어요.

내 답문에 그는 바로 전화를 해왔다.

"우와, 모란 씨. 일단 축하해요. 근데 어찌된……."

"정확히 얘기하자면 가출이에요. 시어머니 몰래 나와버렸거든요."

"아……. 암튼 잘됐네요."

"그나저나, 강아지는 잘 있죠?"

"그럼요. 어찌나 귀여운지, 애교 떠는 게 장난이 아니에요. 보고 있으면 시간 가는 줄 모르겠는 걸요."

"이름은 지었어요?"

"예. 모돌이요."

"모돌?"

"모란 씨 이름 따서 지었죠 뭐. 크흐흐."

"……쩝. 근데 배변습관은 어떻게, 잘 돼가요?"

"어제 드디어 용변패드가 화장실로 입성했어요. 크허허."

“네?”

“책에 씌어 있더라구요. 오줌똥 묻은 패드를 매일 조금씩 화장실 쪽으로 옮기라고. 아마 며칠 있으면 패드 없애도 화장실 잘 가릴 거예요.”

“그래요? 그런 방법이 있었네요. 전 예전에 키우던 강아지 훈련시킬 때, 시간 맞춰 화장실 데려가서 볼일 볼 때까지 무작정 기다렸는데⋯⋯.”

“크크크. 엄청 지겨웠겠구만요.”

“후훗. 그러게요. 그나저나 한번 데리고 나오세요. 보고 싶은데⋯⋯.”

“그냥 우리 집으로 놀러오는 게 어때요?”

“네?”

“걱정 마요. 덮치거나 하는 일은 없을 테니. 기억 안 나요? 나, 모란 씨 앞에선 남자 안 하기로 했던 거.”

모돌이를 내세워 꼬드기는 바람에 그만 순순히 ‘예스’를 해버렸다. 그의 주중휴일, 수요일에 놀러가기로.

✳

선일 씨가 왔다.

그는 점심을 먹는 둥 마는 둥 유영이랑 노느라 정신이 없다.

엄마는, 그러는 선일 씨를 마치 어린아이 같다며 귀엽다고 표현했다. 그러고 보니 그런 것도 같다.

실컷 놀고 다시 넥타이를 매면서 그는 유영이 발에 찐한 뽀뽀를 했다. 그리고 그 오묘한 발냄새를 내 입술에 고스란히 옮겨주고 나갔다.

하루가 다르게 유영이는 여물어갔다. 약간 모가 난 듯한 머리 모양도 동그랗게 가라앉았고 눈코입도 제대로 자리를 잡아간다.

목욕이 끝난 유영이를 닦이면서 엄마가 말했다.
"어쩜 하루가 다르게 강 서방을 더 닮아가네. 어찌 요렇게나 닮았을까……."

오늘은 토요일.

점심을 먹고 선일 씨랑 산책을 나왔다.

유모차를 밀던 그가 유영이처럼 방긋방긋 웃으며 해맑게
말을 꺼냈다.

"모란 씨. 우리, 유영이 동생 둘만 더 만들어주자."

"뭐, 둘? 하나도 아니고?"

"다섯 가족. 어때, 가족사진 찍으면 그야말로 최고로 멋진
그림 아니겠어?"

"꿈 깨. 자녀계획은 나한테 일임하겠다던 그 말은 다 어디
갔어, 만난 지 사흘 만에 얘기했었잖아. 그때, 사람 그렇게
황당하게 해놓고, 그걸 벌써 잊었어?"

"아, 그거야……."

"암튼, 됐어. 난 유영이 하나로 족해."

"저기, 요즘 출산 장려정책도……."

"진짜 웃겨. '아들 딸 구별 말고 둘만 낳아 잘 기르자' 어
쩌자, 곳곳에 포스터 붙여놓을 땐 언제고 이제 와선 또 저출
산이니 뭐니 떠들고…… 난 한 집에 하나면 딱이라 생각해.
얼마나 좋아? 나중엔 아파트고 대학이고 전부 필요 이상 남

아들 테니 다들 엄청나게 여유로워지지 않겠어?"

"……쩝."

그는 잠시 꿀 먹은 벙어리처럼 유모차만 밀더니, 뭔가 생각난 듯 우뚝 멈춰 섰다.

"참, 모란 씨. 엄마가 아기 낳고 싶대."

"응? 무슨 소리야?"

"인공수정이든 시험관아기든 해볼 거라네."

"뭐? ……상대는 있고?"

"아니. 정자은행에서 어쩌구 하던데……."

말문이 막혔다.

시모가 아이를 가져서 나쁠 건 없다. 유영이에 대한 집착이 가시면 서로가 편할 일이다. 하지만 정자은행이라니……막말로 어떤 남자의 '씨'일 줄 알고.

"더 늦기 전에 빨리 서둘 거래. 임신 준비하겠다며 벌써 정신과 약도 끊었어."

"정말? 근데 그렇게 어중간히 약 끊어도 되는 건가? 그랬다가…… 암튼, 그래서, 선일 씨는 뭐랬어?"

"나야 입양이 어떻겠냐고 물었지. 엄마 나이가 있잖아. ……근데 그건 죽어도 싫다네. 그러니 내가 뭐라겠어? 좋을 대로 하랬지 뭐."

"하긴. 예전부터 아기 갖고 싶어 하셨으니까……. 그래, 어쩜 잘된 건지도 모르겠네. 애기 있으면 딱히 외롭지도 않으실 테고, 선일 씨도 좀 홀가분하게 분가할 수 있잖아."

내 말에 피식 웃으며 그가 말했다.

"그래. 어쩌면 그게 최선일지도 모르겠네."

수요일. 모돌이 보러 가기로 한 날.

나를 데리러 온 문현준의 차에 올라탔다.

딱히 할 말도 없고 입도 간질간질해서 겸사겸사 시모의
얘기를 꺼냈다. 그랬더니 우하하 웃으며 그가 물어왔다.

"어르신 연세가 어떻게 되는데요?"

"쉰하나요."

"아, 그거밖에 안 됐어요? 어쩐지 무진장 젊어 보인다 했
더니만……."

"네?"

"거 왜, 모란 씨 입원 중에 안면 텄잖아요."

"아, 예……."

"그나저나 아들을 상당히 일찍 두셨네……."

"네. 스무 살 남짓에 낳으셨대요."

"음…… 쉰하나면 좀 애매하기는 한데, 글쎄…… 어떨는
지."

“노산이라서요?”

“아무래도 어려운 점들이 조금 있죠. 미숙아 출생률도 높고 장애아 위험성도 적지 않고…….”

“그나저나…… 난 모란 씨만 보면 생각나는 말이 있어요.”

“……?”

“저기 왜, ‘비단옷 입고 밤길 걷는다’는 말이요.”

“네?”

“어떤 연예인 못지않게 매력 있고 이쁜데, 어째 지금 모란 씨 생활이…….”

살짝 짜증이 났다.

도대체 지금 이 상황에서 하필 왜 이런 얘기를 꺼내는 거야…….

나는 딴청을 부리며 곤두박질치는 감정곡선을 끌어올리려 안간힘을 썼다.

“그러게요! 그것도, 겉뿐 아니라 ‘속’까지 예쁜데, 그쵸? 차라리 조선시대에 태어나서 기생이나 할 걸 잘못했나요?”

“허허허. 모란 씨도 참…….”

“그랬다면 한양 최고의 기생이 됐겠죠?”

“난 그 기방의 최고 단골손님이 됐을 테고. 크크크.”

“후훗. 가산 다 탕진하시겠네.”

"……근데요, 모란 씨. 사랑이…… 사랑이란 게 뭘까요?"

"네? 맥락 없이 그건 또 무슨……."

"요즘 들어 ……그냥…… 곱씹을수록 가슴 먹먹해지는 단어라는 생각이 들어서……."

"하기야."

"……."

"참, 지난번 얘기했던 그 사랑은 어찌됐어요? 계속 그러고 있는 거예요?"

"뭐 그냥 그럭저럭……."

＊

문현준의 집.

현관에 들어서자마자 삐약삐약, 끼양끼양거리며 그의 발가락을 물고 매달리는 녀석, 모돌이. 그새 통통하게 살도 오르고 꽤나 컸다.

온통 시선집중. 녀석은 내게 집 안을 휑 돌아볼 틈조차 허락지 않았다.

"모돌아. 이리, 엄마한테 와봐."

"엄마요? 난 모돌이 아빤데, 그럼 우리 부부 해야 되나?"

“에이 참, 문 선생님도. 전 고아원 원장이고 선생님은 입양하신 양아버지잖아요.”

“쳇. 거참 인심 박하네. 어릴 적 엄마놀이도 안 해보셨나?”

꾹 눌러놓은 듯 납작한 코, 모돌이 재롱에 취해서 연신 깔깔거리며 웃어댔다.

그런 내게 그가 한마디 던진다.

“모란 씨도 이렇게 꺄르륵거릴 줄 아네요?”

나는 못 들은 척 모돌이 꼬리만 만지작거렸다.

……하긴.

내가 이렇게 소리 내 웃는 게 얼마만인지…….

휴대폰으로 이리저리 동영상까지 찍어대며 그가 연신 립서비스를 했다.

“우와, 예쁘다. 활짝 웃으니까 훨 이쁘네. 입꼬리 말리는 것까지, ‘캐서린 제타존스’ 저리 가란데요?”

“그러고 보니 선생님은 ‘마이클 더글라스’ 저리 가라네요.”

“어, 무슨 그런 당연한 말씀을. 말이야 바른 말이지, 그 사람보다 내가 인물은 훨씬 낫잖아요."

"푸후훗."

"근데 모란 씨."

"네?"

"자신이 좀 별종이라고 생각 안 해요?"

"뭐가요?"

"왜, 여자들은 원래 아이 낳고 나면 애완동물 멀리하게 된다던데. 본능적으로……."

"피. 그런 게 어딨어요? 애기는 애기대로 이쁘고 요 녀석은 요 녀석대로 귀여운 걸."

"참. 문 선생님. 모돌이 이제 곧 중성화수술 시켜야 할 텐데."

"예? 그건 왜요?"

"수컷은 이성에 눈뜨게 되면 영역표시하느라 집 여기저기 찔끔거리고 다닌다잖아요. 풀지 못하는 욕구 때문에 스트레스도 많이 받게 되고."

"으흐흐. 꼭 내 애기 하는 거 같네."

"네?"

"아니. 나, 암말도 안 했어요."

"암튼 시기 놓치면 수술해도 효과 없다더라구요."

"흐음…… 그렇다고 말짱한 녀석을 내시로 만들 순 없잖
아요. ……여자친구를 하나 만들어줄까?"

"영역표시하는 건요?"

"쬐끄만 놈이 싸면 얼마나 싸겠어요. 청소야 아줌마가 하
는 거고, 난 슬리퍼 신고 다니죠 뭐. 크크."

"후후훗. 문 선생님도 참……."

"……그나저나 이 녀석은 전생에 나한테 어떤 도움을 줬
을까요?"

"네?"

"어떤 스님이 그랬다는데, 자신이 챙기고 보살펴야 하는
모든 존재는 전생의 은인들이라고……. 가만 생각해보니 전
혀 일리 없는 말도 아니더라구요. 그래서 내가 요 녀석한테
이렇게 끝없이 베풀고 보듬는 걸로 그 은혜를 갚나 보다 싶
기도 하고."

"후훗. 그럼, 그런 존재를 나 몰라라 해버리면 그야말로
지옥에 떨어지겠네요?"

"지옥? ……난 이 세상, 이 현실 자체가 지옥 같은데……
저기, 모란 씬 이 지구가 거대한 형무소 같다는 생각 안 해
봤어요?"

"글쎄……."

"원래 우리가 있어야 할 곳은 천당인데, 지금 우린 다들 크고 작은 잘못으로 이곳에 떨어져 각기 벌을 받고 있다는…… 살아 있는 생명 치고 딱하지 않은 생명은 없으니까…… 장성이든 재벌이든 다 나름대로 불쌍하잖아요."

윤회론을 펼치나 했더니 이제 보니 그것도 아니다.

"……그야 그렇지만…… 근데, 문 선생님은 부처님을 믿는 거예요, 아니면 하나님?"

"그런 거 없어요. 그냥 되는대로 살아요. 크흐흐."

벌써 여섯 시. 한참을 시간 가는 줄 모르고 놀았다.

"이만 갈게요. 너무 오래 있었나 봐요."

"아니, 잠깐만. 우리 뭐라도 좀 먹죠. 배고파 죽겠구만. 기껏 놀러 와서 밥도 안 먹고 그냥 가게요?"

그도 그렇다 싶어 나는 가방을 내려놓고 다시 모돌이를 안았다.

그는 상가 안내책자를 내게 들이밀었다.

"뭐 먹죠? 모란 씨가 골라 봐요."

갑자기 라면이 먹고 싶었다. 인스턴트 음식을 극도로 싫어하는 엄마 덕에 못 먹은 지 꽤 오래다.

"라면 있어요?"

"라면? 그게 먹고 싶어요?"

“네.”

“알았어요. 자, 그럼 어디 골라 봐요. 신라면, 안성탕면, 진라면, 삼양라면, 너구리…….”

“풋. 무슨, 라면가게라도 차렸어요?”

“라면이란 게 그때그때 골라먹는 맛 아니겠어요? 크크. 또 더 있어요. 오징어짬뽕, 무파마, 오동통…….”

“음…… 너구리요. 계란 넣지 말고.”

“오케이. 쫌만 기다려요. 이래봬도 내가 라면 하나는 끝내주게 끓이니까.”

나는 그가 부엌에서 딸깍거리는 동안 모돌이랑 거실 소파에서 줄기차게 뒹굴었다.

✻

친정으로 향하는 길.

“모란 씨.”

“네?”

“자주 놀러 와요……. 모돌이 애교가 하루가 다르게 늘어가는데.”

그는 내 대답을 기다리지 않고 CD를 틀었다. 산울림의 노
래가 흘러나온다.

언젠가 가겠지 푸르른 이 청춘 지고 또 피는 꽃잎처럼

달 밝은 밤이면 창가에 흐르는 내 젊은 연가가 구슬퍼

가고 없는 날들을 잡으려 잡으려 빈 손짓에 슬퍼지면

차라리 보내야지 돌아서야지 그렇게 세월은 가는 거야

날 두고 간 님은 용서하겠지만 날 버리고 가는 세월이야

정 둘 곳 없어라 허전한 마음은 정답던 옛 동산 찾는다

— 〈청춘〉 김창완

곡이 끝나자 그가 말했다.

"어때요, 좋죠?"

나는 고개를 끄덕이며 대답했다.

"원래 김창완 노래 좋아해요. 듣고 있으면 맘이 편해져
서."

"예. 맞아요. 아주 시끄러운 곡 몇 개 제외하면 마음 가라
앉히는 데 최고죠. 음악에 독특한 색깔을 입히는 것도 나름
능력이고. ……그리고 보니 우리, 여러모로 취향이 좀 닮았
다, 그죠?"

그와 나는 친정으로 가는 내내 CD에서 흘러나오는 오래
된 곡들과 가사를 음미했다.

어느새 5월.
그러고 보니 이제 곧 결혼기념일이다.

……꼬박 일 년이 흘렀다.

지난 봄…… 하얀 원피스를 입었던 그날, 그때 생각하고
꿈꾸었던 결혼생활과는 분명 상당한 차이가 있는 기간……
　선일 씨에 대한 사랑이 온전히 유영이에게로 옮겨진 듯한
쓸쓸하고 허한 느낌…….

❈

주말 저녁.
선일 씨로부터 전화가 왔다.
"모란 씨. 잠깐 나올래, 바로 앞이야."
"왜, 들어오지 않고."

“그냥. 바람 좀 쐬자.”

✳

한강변으로 왔다.

차에서 내려선 그가 담배를 피워 문다. 왠지 무거운 분위기.

나도 내렸다. 그리고 그의 곁으로 갔다.

“근데, 선일 씨. 표정이 왜 그래.”

“…….”

“무슨 일이야? 회사에 무슨 일이라도 있어?”

대답도 않고 계속 담배 연기만 뿜어댄다.

“어휴, 답답해. 선일 씨, 대체 왜 그러냐구.”

“……엄마가 ……임신했대.”

“뭐? 와우! 드디어 해내셨네!”

“…….”

“어떻게 하신 거래, 인공수정? 시험관?”

“시험관…….”

“암튼 잘됐다. 그럼 선일 씨 동생 생기는 거네? 축하해. 후후후후…….”

“…….”

"근데 반응이 왜 그래? 좋은 일에……."
"……그냥. 머리가 좀 아파서……."
"약은 먹었어? ……그나저나 몇 주래?"
"……글쎄."

✱

선일 씨가 하숙생활을 마쳤다.
시모가 밀어냈단다. 더 이상 필요 없다고.

나도 친정에서 나왔다.

우린…… 그동안 너무 오래 비워두었던 우리 집에 돌아
왔다.
어쩐지 낯선 느낌…….
아니, 새롭다는 말이 더 어울리겠다.

선일 씨, 나, 그리고 유영이. 우리 '가족' 의 보금자리…….

❋

5월 7일.
결혼 일주년을 맞았다.

선일 씨가 사 들고 온, 노오란 카라 몇 송이가 그려진 액자
를 침실 한쪽으로 붙였다. 뒤에 날짜를 크게 새겨서.

그리고……

피자며 케이크며 샴페인으로 오늘을 기념했다.
유영이까지 셋이서……

5월 8일. 어버이날.

먼저 친정에 들렀다. 선일 씨가 미리 준비해두었다는 유럽여행 티켓을 들고.

아빠는 부재중, 유영이를 안고 어르고 이뻐하느라 바쁜 엄마 앞에 그가 티켓을 내밀었다.

"어머님. 이거……."

"아유, 강 서방도 참. 뭐 이런 걸 다……."

"뭘요. 다음엔 저희가 함께 모실 수 있도록 해볼게요. ……자, 어머님 나가시죠. 점심 맛있는 거 사드릴게요."

"그래, 엄마. 빨리 옷 입어. 나 배고프단 말야."

"아니다. 아직 시댁에 가기 전인 듯한데, 그렇지?"

"괜찮아, 엄마. 여기서 점심 먹고 거기선 저녁 먹으면 돼."

"그래도 그러는 게 아니라니깐. 일이란 게 순서가 있는 거야."

나는 일어섰다.

"알았어. 저녁에 다시 올게. 아빠도 그때까진 들어와 계시 겠지?"

✳

시댁으로 가는 길.
일요일답게, 어버이날답게 북적대는 백화점에 들러 대충 적당히 시모의 선물을 골랐다.

✳

내키지 않는 걸음으로 시댁에 들어섰다.

"엄마, 나 왔어. 유영이도……."
마침 거실에 있던 시모는 유영이를 안고 있는 날 보는 둥 마는 둥 소파에 기대앉아 말했다.
"들어올 것 없다. 난 너 같은 며느리 둔 적 없으니까."
당연한 반응이다. 유영이 안고 살짝 빠져나와선 한 달 가까이 전화 한 통 안 했으니.
선일 씨가 말했다.
"유영이 안 보고 싶어? 많이 컸는데……."

"됐다. 그냥 가라니까."

우린 꾸역꾸역 거실로 들어섰다.

"근데 집이 왜 이리 썰렁해, 아줌마는?"

"마트 갔다."

"어머님. 아기…… 축하드려요."

무표정했던 시모가 픽하니 콧김을 뿜었다.

"저, 여기……."

거실 입구, 보조의자 끄트머리에 살짝 엉덩이를 붙이고 준비한 선물을 끄집어냈다. 흑진주 브로치.

"필요 없다. 가져가."

그녀는 오로지 TV 화면에만 눈을 꽂고 있다. 유영이는 쳐다볼 생각도 않는다. ……사람 마음이란 게 참 요상하다. 왠지 살짝 서운했다.

베란다에서 담배 한 대 피우고 들어오던 선일 씨가 소파에 털썩 걸터앉으며 성의 없게 말했다.

"엄마, 나가자. 점심 먹어야지."

"됐다. 귀찮아. 태교에 방해되니까 니들 그만 가봐라. 조용히 있으련다."

칫. 드라마가 무슨 태교라고.

"저기, 어머님……."

시모는 갑자기 소리를 내질렀다.

"귀찮댔잖아!"

"……."

"엄마, 왜 소리는 지르고 그래, 애 놀래잖아. ……그래, 싫
으면 관둬. 모란 씨. 그만 가자."

"……으응."

별 미련 없이 일어서려는 내게 그녀가 말했다.

"참, 유영이 입던 옷이며 전부, 버리지 말고 놔둬라. 유영
이 동생 태어나거든 쓰게…… 원래 늦둥이한텐 새것 안 쓰
는 법이니까."

……?

'유영' 이 동생……?

내가 뭘 잘못 들었나…… 시모 말이 헛나왔나…….

선일 씨를 쳐다보았다.

피식, 웃고 있어야 할 그가 시모의 무릎을 툭하니 건드
린다.

시모는 날 빤히 쳐다보더니 입꼬리를 말아 올리며 말했다.

"유영이 동생 태어나면……."

“엄마!”

“넌 그냥 도련님이나 아기씨로 불러라. 선일이한텐 ‘아들’이지만 넌 아무 관계 없잖냐.”

“엄마!!”

선일 씨는 시모의 말 군데군데 끼어들어 언성을 높였다.

언뜻 이해되지 않는 말들, 그리고 이 분위기…….

……이게 무슨…….

“무슨 말씀이세요, 어머님?”

시모는 얄궂은 미소를 띠었다.

어느새 귓가가 벌겋게 달아오른 그에게 물었다.

“무슨 말이야?”

내 말은 귓전으로 흘리고 이젠 아예 둘이서 내놓고 토닥거린다.

“엄마, 왜 이래?”

“뭘?”

“얘기가 다르잖아!”

“무슨 얘기, 난 아무 기억 없다.”

“정말 도대체 왜 이러는 건데.”

“유영 에미한테 빚진 거 좀 갚으려 그런다, 왜.”

“에이 참!”

선일 씨가 자리를 박차고 일어났다.

“모란 씨. 나가자.”

그는 내 팔을 잡아당겼다.

이미 패닉상태가 되어 있던 나는 그의 손을 뿌리쳤다. 그리고 소리치며 닦달했다.

“선일 씨. 이거, 무슨 소리야? ……어찌된 거냐고!”

다시 자리에 풀썩 앉은 그가 담배를 피워 물며 힘들게 입을 뗐다.

“……내가 ……제공했어.”

아까 두 사람이 주고받던 말들로 대충 상황이 해석되긴 했지만 실제로 듣자니 더더욱 기가 찼다. 그리고 내 귀가 의심스러웠다.

다시 한 번 물었다.

“뭘? ……정자를? 그럼…… 선일 씨 거로 시험관 한 거였어?”

“…….”

나는 제대로 열이 솟구쳤다.

“선일 씨. 미쳤어? ……미쳤어요, 어머니?”

입에서 ‘님’ 자가 붙어 나오지 않는다. 어머니란 단어 자체에도 거부감이 일었다.

아까부터 빙그레 웃으며 내 기를 채우던 시모가 정색을 하며 고쳐 앉았다.

"말 가려 해라. 미쳤다니? 어디서……."

"어떻게 아들 아이를 낳을 생각을 해요? 제정신이세요?"

"말 가려 하래두!"

막말을 하고 악담을 퍼부었다.

"부모 핏줄이 가까울수록 저능아가 나온다는 말도 몰라요? 그리고 그 애는 뭐, 평생 결혼 안 할 건가요? 천년만년 품에 끼고 살 수 있을 것 같애요?"

시모가 눈꼬리를 추켜올린다.

"뭐야?"

유영이가 울음을 터뜨렸다. 나는 가슴에 유영이 귀를 바짝 대고 또 한쪽 귀는 손으로 꼭 막으면서 빠락빠락 대들었다.

"뭐긴 뭐예요? 정신 좀 차리세요. 당장 지우라고요."

"입 닥치지 못해? 이게 어디서…… 니가 뭔데 지우라 마라야?"

시모는 내게 쿠션을 던졌다. 테이블 위에 놓였던, 브로치가 들어 있는 딱딱한 케이스도 던졌다. 하마터면 유영이 머리에 맞을 뻔했다.

선일 씨가 소리를 높였다.

"엄마, 지금 뭐 해, 왜 집어던지고 난리야?"

"당장 나가! 나쁜 년 같으니…… 어디서 배 속에 든 애를 들었다 낳다 해?"

언뜻, 나도 모르게, 시모와 선일 씨의 구역질나는 정사 장면을 떠올리고 말았다.

"나가지 말래도 나가요. 나도 당신같이 미친 여자랑 더 이상 말 섞기 싫으니까!"

"뭐? 저게, 저것이……."

목뒤로 손을 가져가는 시모.

나는 유영이를 안고 밖으로 뛰쳐나왔다. 그도 따라 나왔다.

"저기, 모란 씨……."

"이게 뭐야? 뭐하는 짓들이야?"

"모란 씨. 제발……."

"미쳤어. 다 미쳤다구!"

나는 그를 뿌리치며 택시를 잡아탔다. 그리고 친정으로 향했다.

✳

　그동안 사사로운 편의를 위해 시모에게 아이가 생겼으면 했던 내 에고가 원쿠션 투쿠션 쓰리쿠션으로 부딪히고 무너졌다.

✳

　어느새 뒤따라온 그가, 친정에 들어가려는 나를 막아선다.

　"모란 씨. 집으로 가자."
　그가 나를 끌어당겼다.
　"이거 놔. 징그러!"
　"제발 좀. 일단 가자, 가서 얘기하자, 응? 생각해봐. 이런 꼴로 들이닥치면 아버님 어머님 얼마나 놀라시겠어. 빨리 가자. 이러고 있는 거, 혹시라도 보시면……."

　그건 그렇다. 슬리퍼를 끌고 나와버렸으니.
　그래, 집에 가서 챙겨올 것들도 좀 있다.
　나는 순순히 유영이를 넘기고 차에 몸을 실었다. 그는 유영이를 베이비 카시트에 단단히 태우고는 서둘러 운전대를 잡았다.

집으로 가는 내내 침묵을 유지했다. 그도 나도.

＊

집에 막 들어서는데 유영이가 울어댄다.
일단 유영이 젖부터 먹였다.
오늘따라…… 등이 아프다.

잠든 유영이를 내려두고…… 짐을 싸기 시작했다.

베란다에서 줄담배를 피우고 있던 그가 방으로 들어서며 말했다.
"모란 씨. 얘기 좀 하자."
나는 부지런히 두 손을 움직여 짐을 싸면서 삐딱하게 대답했다.
"무슨 말? 할 말 있음 어디 해봐. 나 여기 빨리 뜨고 싶으니까."
그는 내 손에 들려 있던 유영이 모자를 뺏어 놓으며 다시 말했다.

"잠깐 얘기 좀 하자구……."

가시 박힌 목소리로 신경질을 부렸다.

"뭐? 무슨 얘기?"

그는 한숨을 내쉬며 침대 귀퉁이에 털썩 내려앉았다. 그리고 토해내듯 말했다.

"……나도, 많이, 무지하게 안 내켰어!"

"근데."

"엄마 성격 잘 알잖아. 유영이 일로 화병이 났었어. 애기 뺏겼다는 피해망상이 장난이 아니었다구. 정말 하루하루 미쳐가는 것 같더라니까."

"지금, 잘도 미쳐 있잖아. 당신도, 당신 엄마도!"

"……."

"그래서, 그래서 정자 제공한 거야?"

"그게…… 아이 갖고 싶다고, 인공수정이든 시험관아기든 해보겠다고 고집을 부려서……."

"그건 나도 아는 얘기잖아, 본론만 해."

"……그래서…… 병원에 상담하러 간다기에 데려다줬어. ……근데, 밖에서 기다리고 있는데 ……엄마가 날 부르더라구."

비아냥거렸다.

“그래서 정액 짜 준 거야?”

“……”

“당신 엄마 미쳐가는 거 막기 위해 정자를 줬다고? 정자가 어디 정신과 치료제야?”

“자꾸 그런 식으로 말하지 마. 나도 혼란스러웠어. 이게 무슨 짓인가 하고……”

“허!”

말이 헛돌았다.

“……그렇게 쉽게 성공할 거라 상상도 못했어. 아니, 어쩌면 성공하지 않기만 바란 건지도 모르겠어.”

“당신 바보 아냐? 누가 지금 그런 말 듣고 싶대? 그러니까, 내 말은, 다른 정자들도 많이 있을 텐데, 왜, 하필, 당신 거냐고!”

“……엄마가 그러더라. 누구 건지도 모르는데 찜찜하다고. 그땐 그 말이 꽤나 설득력 있게 들렸어. 내가 잠깐 정신이 나갔었나봐.”

시모가 찜찜해했다는 건 솔직히 조금 이해가 된다.

“……”

“미리 얘기하려 했는데, 그래야 했는데 도저히 말이 안 나오더라구.”

“그래서 당신 엄마한테 졸랐어? 비밀로 해달라고?”

"······이렇게 돼서 정말······ 미안해."

"이게 미안하다는 말로 될 일이야? 딱 깨놓고 말해서 지금 우리 유영이한테 배다른 동생이 생긴다는 거잖아. 당신이랑 당신 엄마는 그 아이 앞에선 부부라고. 알기나 해?"

"······."

"어디 한번 잘 살아봐. 난 이쯤에서 유영이 데리고 빠져줄 테니까, 당신은 당신 엄마랑 '여보, 당신' 해가며 그 애 데리고 단란하고 행복한 가정 꾸며보라구."

"그런 말이 어딨어?"

"어디 가서 물어봐. 당신네 두 사람이 정상인지······ 두 사람 나란히 정신병동에나 들어가! 아니, 배 속의 애까지 셋이서!"

그는 담배 한 개비를 들고 다시 베란다로 나갔다.

나는 이것저것 필요한 짐을 마저 챙겼다.

차라리······ 다른 여자랑 사고 친 게 낫겠다. 시모의 요구에 응해서 정자채취실에 들어갔을 그의 모습, 그 안에서 야한 비디오까지 봐가며 열심히 마스터베이션을 했을 모습, 그리고 아무 일 없었다는 듯 그날 저녁 시모와 마주앉아 식사했을 모습들이 엉망으로 뒤섞여 어른거린다. 불쾌하기 짝이 없다. 아니, '기분 더럽다'는 표현이 더 어울리겠다.

지난가을엔 임신중절, 겨울엔 상상임신, 그리고 이번엔 또 이런 말도 안 되는……. 내 참…… 정말 가지가지 한다.

담배 냄새를 풍기며 그가 다시 방으로 들어왔다. 그리고 내 옆으로 오더니 억지로 가방을 뺏어 구석에 치워놓으며 말했다.
"모란 씨. 제발이야. 진정 좀 해."
"진정? 이 상황에 진정될 여자 있으면 나와보라 그래."
"미안해. 이런 말 할 자격 없다는 거 잘 알고 있지만, 그치만…… 어떻게 좀 이해해주면 안 될까?"
"뭐, 이해? ……막장도 이런 막장이 어딨어, 신문에 날 일이구만. 내 말이 틀려?"
"……."

잠깐 머리를 스치는 한 장면.
걸어가는 시모의 발을 걸어 넘어지게 하는…… 그리고…… 넘어진 시모가 배를 끌어안고 하혈을 하는…….

독한 말을 내뱉었다.

"차라리 유산이라도 돼버리면 좋겠네!"

"실은…… 나도 처음엔 그런 생각이 들었는데……."

"……?"

"배 속에 든 아기는 아무 죄 없잖아."

나는 시니컬하게 말했다.

"흥. 다 지 엄마 잘못 만난 죄지 뭐."

"……."

"그리고, 지금 내 앞에서 그런 말이 나와? 대체 얼굴 두께가 어떻게 되는 거야?"

"……."

하긴. 유산도 아무 의미 없다. 이미 꽁꽁 언 그의 정자가 병원에 무수히 남아 있을 거고 시모가 원하기만 하면 언제든, 몇 번이든 시술할 수 있는 일일 테니까.

……나도 참. 유산이니 뭐니…… 어떻게 이런 야멸친 생각들을, 말들을 이리도 자연스레 하고 있는 건지…….

두 모자의 막장놀이에 나도 이미 한 역할 톡톡히 하고 있는 건지도 모르겠다.

"근데, 병원에선 암말 않고 해주디? 도대체 어떤 망해먹을 병원이야?”

“……아들이라고 안 했어.”

“그럼, 연상연하 커플인 척이라도 한 거야? ……하긴. 당신 엄마, 징그러울 정도로 젊어 보이긴 하지. 참 잘도 어울리는 한 쌍이었겠다!”

“……그냥 ……제공자라고 했어.”

“그래. 참 잘났다, 잘났어.”

“…….”

갑자기 머리가 지끈거린다.

“유영이 좀 보고 있어. 머리 아파 죽겠으니까.”

타이레놀 몇 알 먹고 잠깐 누웠다.

✳

“모란 씨, 그만 일어나. 나가야지. 벌써 여섯 시야.”

그가 나를 흔들었다. 홧김에 과용한 약기운 때문인지 깜박 잠이 들었었나 보다.

“어서 준비해. 아버님 어머님 기다리시겠다.”

“무슨 소리야.”

"기억 안 나? 저녁 약속 야무지게 해뒀잖아."

아, 맞다, 그랬었다. 하지만…….

"……뭐? 지금 그런 한가한 소리가 나와? 전화해! 전화해서 못 가게 됐노라 말하라구. 거짓말을 하든 어쩌든."

……

작업실에 잠깐 들어갔다 나오는 그.

"전화 드렸어……."

나는 콧등으로 웃었다.

"흥, 그간 갈고닦은 거짓말 실력 또 유감없이 발휘했겠네."

"그러지 마. 솔직히 나, 묵비권은 행사했어도 거짓말한 건 별로 없어."

"허! 때론 침묵이 최고의 거짓말일 수 있다는 말도 못 들어봤어? 정말 웃겨."

"암튼 모란 씨. 어쨌거나 밥부터 먹자. 오늘 종일 제대로 못 먹었잖아. 뭐 좀 시킬까?"

……지금 이 상황에서 함께 식사를?

기가 찼지만 어쩔 수 없었다. 따끈한 국물이 먹고 싶다.

"기스면이나 시켜."

기스면 두 개랑 라조기를 앞에 두고 마주앉았다.

난 면발 하나 안 남기고 열심히 전투적으로 먹었다.

다시 방으로 들어왔다. 유영이 기저귀 한 번 갈아주고 가방에 두어 가지 더 챙겨 넣었다. 그리고 금방이라도 터질 듯한 가방 지퍼를 간신히 채우고 일어섰다.

그도 들어왔다.

"정말 갈 거야?"

"왜, 안 갈 줄 알았어?"

"모란 씨. 제발 좀……."

들은 척도 안 했다.

그가 내 팔을 잡아끈다.

"우리 콜라라도 한 잔 마시자. 기름진 걸 먹었더니 느끼하네."

왠지 오늘따라 커피 생각이 간절하다.

못 이긴 척하고 나갔다. 그리고 에스프레소를 내렸다.

"어! 커피 해주는 거야?"

"감동할 것 없어. 오늘은 내가 마시고 싶어 내리는 거니깐."

진한 커피를 한 모금 물고 쓰디쓴 향을 삼키려는데 그가 낮은 목소리로 말했다.

"우리, 엄마랑 무관하게 살자."

"……?"

"당신은 평생 엄마 보지 마. 나도 그리 특별한 일 아니면 안 갈게. 엄마가 그랬어. 이제 엄마한텐 오로지 배 속에 든 아기뿐이라고. 임신판정 받은 그날부로 날 필요 없는 짐짝 취급하고 밀어냈는데 뭐."

"……."

"그리고 그 애는 어디까지나 엄마 아이야. 난 그렇게 생각할 거야. 그저 내 동생으로……."

갑자기 어지럽다. 속도 울렁거린다.

"모란 씨. 왜 그래, 얼굴이 습자지야."

나는 원래 체하면 차멀미 비슷한 증상이 찾아온다. 오늘은 쬐끄만 새끼올챙이 같은 것들도 여기저기 언뜻언뜻 보인다. 꽤 심하게 체했다는 증거다.

울렁증을 느끼며 욕실로 들어갔다. 그리고 속에 엉겨 붙은 것들을 토해내느라 무진 애를 먹었다. 조금 정신을 차려 보니 그가 등을 두드리고 있었다.

……

이 약 저 약 먹어봐도 여전히 체기가 가시지 않는다.

옛날 방식이긴 하지만 바늘로 손을 땄다. 바늘을 손에 든 그가 하도 벌벌 떨기에 내가 직접 했다. 엄지와 약지, 좌우 총 네 군데. 몽글몽글 동그랗게 올라오는 피를 보며 그는 두 손으로 휴지를 갖다 댄다. 그리고 한마디 했다.

"모란 씨. 생각했던 것보다 꽤나 포스 있네…… 안 아팠어?"

"바보 아냐? 체해서 정신이 없는데 그게 아프게 느껴져?"

"……하긴."

✳

결국 어젯밤은 집에서 잤다. 당연히 그는 거실로 몰아내고.

출근 준비를 마친 그가 내 눈치를 흘끔흘끔 보면서 유영이를 안아 올린다.

나는 돌아누웠다.

"유영아. 아빠, 중요한 일만 보고 금방 들어올 거야. 그러니까 집에 있어야 돼. 알았지? 엄마가 어디 가자고 해도 절대로 따라가면 안 돼, 응? 그래, 아빠 너만 믿을게. 사랑해. 그리고 엄마한테도 전해줘, 아빠가 많이많이 사랑한다고.

……그럼 아빠 다녀올게.”

유영이를 한참이나 어르고 뽀뽀까지 쪽 소리 나게 하고는 내 옆에 살포시 내려놓으며 그가 말했다.

“점심시간 되기 전에 올게. 조금만 더 쉬고 있어…….”

＊

친정엄마에게조차 얘기하기 뭣한 일…….

가슴이 터질 것 같다.

차라리 담배라도 필 줄 알았으면……

그랬다면……

막힌 가슴, 희뿌연 연기로 뚫을 수 있을지도 모르는데…….

＊

휴대폰을 집었다. 그리고 8번을 꾸욱 눌렀다. 받지 않는다. 병원으로 걸어봤다.

후우…….

하필 수술실에 들어갔다고 한다.

은화선배에게 전화했다.

자다 깬 목소리.

"선배. 아직 자고 있었어?"

"응. 밤에 작업 좀 하느라고."

"선배는 아직도 올빼미야? 결혼까지 하고선."

"훗. 그래도 예술적인 힘은 주로 밤에 나오니까……. 근데, 너야말로 어쩐 일이니, 이 시간에."

나는 대충 상황설명을 했다. 그런데…… 선배의 반응이 예상외로 담담하다.

"……무슨……그런……. ……근데 모란아. 니네 시어머니, 정상 아닌 건 처음부터 알고 있었잖니."

"그거야……."

"정상 아닌 사람이 이상한 짓 하는 거야 어찌 보면 지극히 당연한 일이고."

"……."

"차라리…… 차라리 그냥 무시해. 좋을 대로 살라 그러라구."

선배의 몇 마디에 그만 할 말이 궁해져버렸다. 살짝 방향을 틀었다.

"선일 씨 말야, 갈수록 그쪽 아이한테 애착을 느낄 텐데.

아빠 노릇 제대로 못 하는 걸 자책할 수도 있고. ……또……
나 몰래 드나드는 일이 잦을 거잖아. 한두 번도 아니고 늘
그렇게 내 눈을 속여 가며 살 거 생각하면 벌써부터 소름이
끼쳐.”

“어차피 깨진 도자기야. 어쨌거나 선일 씨로선 자기 핏줄
인데 정이 가는 게 당연하지. 단순한 동생이라도 그럴 텐데
아들을 겸하는 존재라면야. 안 그렇다면 선일 씨가 짐승보
다 못한 인간이 되는 거고. ……그냥 니가 한 소절 접어줘.”

“그래도 이쪽저쪽 오가면서 두 집 살림 하는 꼴을 어떻게
봐?”

“너, 바보 아냐? 그런 건 두 집 살림이라 하는 게 아냐. 그
냥 싫은 내색 하지 말고, 그저 어머니랑 동생 보러 가는 거
라 여기고, 맘껏 드나들게 놔둬. ……그리고 선일 씨, 절대
아빠란 소리 원치 않을 거야. 너네 시어머니도 애한테 아빠
라 부르게 하진 않을 거고.”

“하긴.”

솔직히, 지금 나한텐 그런 게 중요한 문제가 아니다. 선배
의 진지하고 이성적인 조언을 성의 없게 들었다.

“모란아. 그 애 입장을 한번 생각해 봐. 어쨌거나 그 앤 아
빠 없이 키워져야 하는 거잖아. 어른들 땜에 괜히 애만 불쌍
하게.”

"아냐. 아빠가 왜 없어. 무슨 일 있으면 선일 씨가 아빠 노릇 톡톡히 해줄 텐데. 그리고 무엇보다 난 지금 다른 누구의 입장도 생각해줄 여유가 없어. ……암튼 선일 씨가 병신이야. 나이가 몇인데 그런 일에 휩쓸리고."

"……"

째근째근 잠든 유영이 얼굴이 눈에 들어왔다.

"당장 이혼이라도 하고 싶지만 유영이가 걸려서……."

"얘는 참. 너무 극으로 치닫지 마. 급하게 움직이지도 말고. 좀 더 시간을 가지고 생각해도 늦지 않잖아. 가위질은 맨 마지막에 하는 거야."

"……."

"……모란아."

"응."

"선일 씨한테 나쁘게 하지 마. 내가 보기엔 선일 씨도 피해자 같은데……."

"피해자?"

"그냥…… 전갈한테 물린 거라 생각해줘."

'전갈' 이라…….

"중간에서 얼마나 힘들겠어? 그러니까……."

"……중간? 아냐, 선배. 아닌 것 같애. 자기 엄마랑 맞서 있는 날 두고 자기 엄마 뒤로 하염없이 저 멀리 떠나버린 사람 같은 걸……."

"무슨 그런 생각을 하니. 네 남편이야, 아이 아빠고."

"……."

"그냥, 이왕이면 너도 선일 씨랑 시댁에 같이 드나들고 아무 일도 없었다는 듯 지내버려. 그리고 그 아이 태어나거든 도련님이든 아기씨든 호칭 깍듯이 붙여서 귀여워해주고, 유영이한텐 삼촌이라 부르게 하고. 그렇게 선일 씨 동생으로 대접해주는 게 최선 아닐까?"

"……아무리 그래도 어떻게……."

"힘들어할 것도 없어. 그럼 너만 손해야. 필요 없는 정신적 소모라구."

"……그치만…… 이런 기막힌 일이 세상에 또 어딨겠어."

"후후. 그래. 상당히 엽기적이긴 하다."

언뜻 선배의 웃음소리가 예전과 상당히 다른, 푸석한 느낌이 들었다.

"근데 선배. 왜 그리 힘이 없어, 어디 아파?"

"실은…… 나도 꽤나 들볶이며 살거든. 시누이 셋 시집이 장난이 아니네."

"그랬구나…… 참. 그나저나 선배, 배 많이 불렀겠네. 산달이 언제야?"

“……”

“……?”

“나…… 유산됐어.”

“응? 뭐라고, ……어쩌다.”

“글쎄, 두어 달쯤 됐나…….”

“어휴…….”

그리고 보니 유영이 낳았을 때도 축하한다는 문자 한 줄 뿐, 얼굴은 안 비쳤었다. 그땐 이런저런 잡다한 생각들로 가득 차 선배 쪽으로는 그리 신경도 쓰지 못했다. 선배의 성격과는 전혀 동떨어진 행동이었음에도 불구하고…….

어쩐지 미안한 마음에 말이 나오지 않는다.

한 일 분쯤 지났을까. 그녀는 다시 내 이름을 불렀다.

“모란아.”

“응?”

“결혼은…… 융점이래. 서로에게 녹아들어야 하니까. 또 상대를 둘러싼 모든 상황에도…….”

융점……

……그래. 그래야겠지. 하지만…….

선배와의 전화를 끊자마자 다시 벨이 울렸다. 문현준.

"모란 씨. 전화했었네요. 왜, 아침부터 내가 보고파요?"

그의 싱거운 첫마디에, 부글거리던 마음이 살짝 누그러진다. 항상 느끼는 바지만 그의 굵직하고 밝은 목소리는 나를 상당히 편하게 해주는 뭔가가 있다.

"바쁜 거 아녜요?"

"아뇨. 수술이 생각보다 수월하게 빨리 끝나서. 이걸로 오전진료 끝, 이에요. 근데 모란 씨 목소리가 왜 그래요, 뭔 일 있어요?"

"실은……."

있었던 일들을 그에게 다시 리바이벌했다. 그는 딱히 할 말을 찾지 못하는 듯했다.

"거참."

"문득문득 유영이까지 미워진다니까요."

"허, 그 참……."

"……."

"근데, 난자는요, 어르신 거 맞아요?"

"글쎄, 맞겠죠. 그리고 뭐, 그건 어때도 상관없어요, 자기 거든 누구 거든."

"모자 사이에 아기가 태어나는 패륜이냐 아니냐는 신경 안 쓰인다구요?"

"혹시 난자가 아니래도 어차피 그 몸에서 나오는 아이잖아요. ……나한텐 결국 똑같아요."

"저기…… 모란 씨. 이렇게 한번 생각해보지 않을래요?"

"……?"

"모란 씨 남편이 오래전 대학시절에 정자채취사업에 협력해서 정자제공을 좀 해뒀다, 그리고 십 년쯤 지난 지금에 와서 어르신이 임신을 위해 정자를 필요로 했다, 근데 무슨 운명의 장난으로 하필 십 년 전 제공했던 그 정자가 쓰였다. ……자, 어때요, 만약 그런 경우라면 어느 누구도 모를 테니 모두들 축하하고 덕담을 해주겠죠?"

"그야……."

"똑같아요. 그냥 그렇게 생각해버리자구요."

"……."

"모란 씨."

"……."

"어? 모란 씨, 모란 씨, 들어요?"

"네. 듣고 있어요. 근데 ……저기, 문 선생님. 그런 얘기 말고, 차라리 그쪽 입장에서 한번 생각해봐줄래요? 내가 지금…… 도저히 역지사지를 못 하겠어서……."

"무슨? 모란 씨 시어머니 입장?"

"네……. 이대로 있다간 정말 미쳐버릴 것 같아서요. 나 좀 어떻게든 이해시켜줘 봐요.”

“글쎄. ……이런 말 하기 좀 뭣하지만, 난 이해할 수 있을 것도 같아요…… 아들 하나 바라보고 술집까지 해가며 억척스레 살았다면서요. 그러다가 갑자기 아들을 뺏긴 듯한 상실감, 그건 모란 씨가 그동안 겪었을 스트레스보다 훨씬 더한 것일 수도 있으니까.”

“…….”

“게다가 다 늦은 나이에 한 재혼, 하자마자 과부 되고 또 지나칠 만큼 집착했던 손자까지 품에서 사라졌으니…… 임신 욕구가 생긴 건 어쩌면 당연한 건지도 모르죠. 어쨌거나…… 임신은 하고 싶고, 남자는 없고, 어떤 놈 씨인지도 모르는 정자 가져다 하기는 또 그렇고. ……거 왜, 입양할 때도 어떤 핏줄인지 모르네 어쩌네, 결정을 망설이는 부부들이 많다잖아요.”

“…….”

“그러는 와중에 자신의 아들, 세상에서 가장 완벽해 보이는 남자가 눈앞에서 왔다갔다 하고…….”

“…….”

“그 어르신 행동, 상식선에서 많이 벗어나긴 해도 이리저리 엮어보면 충분히 있을 수 있는 일 아닐까 싶은데……. 신경정신과도 들락거렸다면서요.”

"흠, 그래요. 그건 그렇다 쳐요. 그럼 남편 입장은요?"

"글쎄 그건……."

"……그죠, 절대 정상 아니죠?"

"음……."

"……."

"그냥…… 한마디로 너무 효자, 지나친 효자네요 뭐."

"네?"

"지금껏 이래저래 모친한테 연민이 많이 쌓여 있었을 거 잖아요. 게다가 모친이 그토록 애착을 두었던 손자까지 그 품에서 앗아버린 셈이 됐으니 상당한 죄책감을 느꼈을 수도 있고."

"말도 안 돼, 연민이나 죄책감을 정액으로 푸는 법이 세상에 어디……."

"아니, 그런 말이 아니라, ……암튼, 그러니까…… 게다가 남편은 병원에 갑자기 불려 들어갔다면서요? 그렇담 찬찬히 생각해볼 시간도 없었을 테니……."

"그럼, 그러면, 그 후에는요? 그 짓거리들을 해놓고도 담담하게 엄마, 아들, 하면서 눈 맞추고 말 섞고……."

"모란 씨도 참. 모친한테 정자 제공했다고, 아들 정자로 임신했다고, 모자관계가 어찌 되나요? 어디까지나 엄마는 엄마고 아들은 아들인데."

갑자기, 아까부터 참고 있던 화가 정수리를 뚫듯 치솟았다.

"그래요. 그 애틋한 모자, 그 둘이서, 사실을 숨기느니 밝히느니 해가며 날 바보로 만들었다구요!"

"……숨기려 했던 거, 어찌 보면 괘씸하기도 하겠지만…… 그거 다 모란 씨 생각해서, 이런 반응이 무서워서 그런 거 아니겠어요. 알고 있으면서 왜 그래요. 숨기려들지 않고 처음부터 오픈했다면 그야말로 뻔뻔하고 괘씸한 거잖아요."

뜨거운 한숨이 새어나왔다.

"후유……."

"어때요, 내가 해본 역지사지…… 조금은 맘이 편해져요?"

"……."

"그 정도로는 많이 부족해요?"

"뭐랄까, 부족하다기보다……."

"그래요, 대충은 알 것 같아요. 어떤 기분일지."

"……."

"모란 씨. 그럼…… 차라리 이혼해버릴래요?"

"네?"

"힘들면 이혼하고 나한테 와요. 나는 그런 짓 절대 안 할 테니. <u>흐흐흐</u>.”

“나 지금 농담할 기분 아닌데.”

“어? 농담? 우와, 이거 진짜 존심 상해서리……. 모란 씨. 너무 그러지 마요. 이래봬도 나 좋다는 여자들, 꽤나 줄줄이 있다구요.”

“아니, 누가 뭐래요? 괜히…….”

“……흐흠, 암튼 이혼할 거 아니면 그냥 큰맘 먹고 눈감아 버려요. 그저 유영이한테 삼촌이나 하나 생기는 거라고, 그렇게 신경 꺼버리라구요.”

“후유…….”

“에구, 또 한숨이시네. ……정 안 되면…… 도저히 그렇게 생각할 수 없으면…… 나한테 잠시 기대요. 내가 그 상황에서 벗어나게 해줄 테니.”

그래…… 그러고 싶다. 그의 넉넉한 품에 얼굴을 묻고 싶다. 모래밭의 타조처럼…….

그나저나…… 벗어나게?

……이 막막한 상황에서 ……어떻게…….

“일단 여행 좀 다녀와요, 우리. ……이 상태로 계속 있어서 좋을 건 하나도 없으니까. 그냥 바람이나 쐬면서 마음 좀 가라앉히고 오자구요. 마침 나도 머리 좀 식히고 싶었는데 잘됐네……."

"……여…행?"

"한 며칠 기분전환이나 하게요. 모란 씨 기분, 내가 책임 질 테니까 한번 믿어 봐요."

"나, 지금 그렇게 움직일 여력 없……."

"그러니까, 그래서 하는 말이에요. 그렇게 웅크리고 있다 속병이라도 날까봐."

"속병은 벌써 났는데요 뭐."

"아, 거참 말도 많으시네. 무조건, 그냥, 내 말대로 해봐 요. 손해 보거나 후회할 일은 절대 없을 테니."

"아니에요. 머리도 너무 복잡하고……."

"우와, 진짜 커뮤니케이션 안 되네. 글쎄, 그래서, 그러니 까, 가자구요!"

"……."

"모란 씨. 무슨 일 생기면 일단 한 발짝 떨어져서 생각하 는 게 좋아요. 안 먹고 안 자고 죽기 살기로 생각해본들 나 아지는 건 하나도 없거든요. 조금이라도 머리가 아프다 싶 으면 무조건 '내일 생각하자' 해버려요. 내일이 오고 모레가 오면 늘 눈앞에 다른 것들이 보이기 시작하니까."

"……."

"지금 모란 씨 상태로는 엄마역할 하기 무리니까, 또 스트레스로 가득 찬 엄마 젖은 애기한테도 좋을 거 없으니까 유영이는 한 며칠 친정에 맡겨두고……. 모돌이나 데리고 가죠, 우리."

……모돌?

"민박이라도 하게요……?"

"아니, 요즘은 애완견 받아주는 펜션도 많다던데요?"

"……."

"음…… 강원도 어때요?"

"……."

"내 후배가 강원도에서 조그만 펜션을 하고 있어요. 그 녀석한테 부탁하면 되겠구만요…….."

"……."

"모란 씨, 입술에 꿀 발랐어요?"

"저, 그게……."

"뭘 그리 망설여요, 설마, 혹시 내가 남자라서?"

"아뇨, 그건. 게이로 생각하랬잖아요."

"하하. 그래요, 그래. 하하핫."

나도 모르게…… 어느새…… 그의 너털웃음을 따라 피식

웃고 있었다.

"후훗. 그나저나, 근데 왜 이렇게……."

"왜 이리 오지랖이 넓냐구요?"

나는 전화기 저편의 남자에게 고개를 끄덕였다.

"푸하하. 나 원래 오지랖 넓은 놈이에요. 그리고…… 그러
니까, 그게 말이죠, 남 일 같지가 않아서……."

"……?"

"솔직히, 엄밀히 말해서 나 빼곤 전부 남이잖아요. 부모도
형제도 배우자도 모두…… 근데 이상하게도 모란 씨는 남처
럼 느껴지지 않거든요. ……아, 부담 가질 필요는 없어요.
왜 그런지는 나도 모르니까. ……그래서 말인데…… 우리,
혹시 전생에 비익조 아니었을까나?"

"후후훗. 문 선생님도 참……. 차라리 땅에 단단히 뿌리박
은 연리지라 그러시죠 왜."

"아하, 그거, 꽤 괜찮네요. 하늘에선 비익조, 떨어져선 연
리지. 크크크."

"그럼 지금 바로 출발하죠. 데리러 갈게요."

"저기, 병원은 어쩌게요?"

"엥? 지금 그런 걱정할 여유가 있어요? 허허 내 참. 나 없

어도 잘 돌아가요. 너무 잘 돌아가서 탈인걸요. 크흐흐. 급
휴가 내면 되니 걱정 마요.”
“그래도…….”
“일단 집에 들러서 모돌이랑 옷가지 몇 개만 챙겨서 바로
갈게요. 모란 씨도 유영이 친정에 맡길 채비 잘 하고 있어
요. 그럼, 지금 출발할 테니 좀만 기다려요!”
“저, 저기 잠깐만요, 문 선생…….”
— 뚜…뚜우…….
암튼 성미 급한 거 하곤.
가만. 선일 씨도 점심 전에 온댔는데…….

에라, 모르겠다.
나는 휴대폰을 놓고 침대에 벌렁 드러누워 버렸다.

❊

열 시 오십 분…….

방 한쪽에 놓여 있는 가방이 눈에 들어왔다.
머리가 복잡하다.

유영이가 울어댄다.
젖을 물렸다.

그리고……

짧고 기나긴 시간……

그저 멍하니 앉아 있었다.

"사랑은…… 융점 아닐까 싶어. 서로에게 녹아들어야 하니까.
또 상대를 둘러싼 모든 상황에도……."

– 본문 중에서